马马虎虎

穆宇——著

云南大学出版社
YUNNAN UNIVERSITY PRESS

图书在版编目（CIP）数据

马马虎虎 / 穆宇著. -- 昆明 : 云南大学出版社，
2025. 3. -- ISBN 978-7-5482-5257-3

Ⅰ. Ⅰ247.5

中国国家版本馆 CIP 数据核字第 2025Y19H28 号

马马虎虎
MAMA HUHU

作　　者：穆　宇
责任编辑：朱　军
特约策划：陈长明
封面设计：汲文天下

出版发行：云南大学出版社
印　　装：昆明德鲁帕数码图文有限公司
开　　本：880 mm ×1230 mm　1/32
印　　张：7
字　　数：142 千
版　　次：2025 年 3 月第 1 版
印　　次：2025 年 3 月第 1 次印刷
书　　号：ISBN 978-7-5482-5257-3
定　　价：68.00 元

社　　址：昆明市一二一大街 182 号（云南大学东陆校区英华园内）
邮　　编：650091
发行电话：0871-65033244　65031071
网　　址：http://www.ynup.com
E – mail：market@ynup.com

若发现本书有印装质量问题，请与印厂联系调换，联系电话：0871-67335884。

目录

马马虎虎 *Mamahuhu*

1 罗望子

　　此时坐在我副驾位置上的黑人，名叫蒂姆，我的高中同学。他的牛仔裤永远穿不到屁股以上，更令我好奇的是永远也不会掉到膝盖以下，也许是他独特的八字步伐让他还能姑且保持最后一丝丝的体面。他妈妈每周只给他 20 英镑零花钱，说实话连一周的午饭钱都不够，然而我们现在要去做一笔 2000 英镑的生意。我一边握着方向盘，一边掏出手机看了时间，凌晨 2 点 30 分，虽然比预定时间早了半小时，但我就是这样一个守时的人，无论是男女朋友赴约还是做一笔私下的交易。

　　我把车缓慢开进小路，车灯已经无须打开，因为已经有足够的明亮路灯，我不想再让任何路过的人注意我们太多。尤其是在凌晨三点，开着一辆有十二年车龄的黑色两门科里博拉跑车，虽然是一辆老车，但是 V6，2.5 升发动机换了排气声浪装置，加挂了尾翼，足以让一个年少轻狂无证驾驶的少年每一次踏下油门心潮澎湃。车里播放着 50

分贝的音乐，当然我已经最大限度地调低了音量。

没有人会知道我的后备箱里装着 100 盒刚从菲律宾购来的罗望子糖。

"还有 30 分钟。"我说。

"老兄，今天的化学课真的让我头痛，到底量杯和烧杯有什么区别？"蒂姆说着，费力地从屁股口袋里摸索出一盒盒子已经被他坐坏的罗望子糖，然后拿出一个递给了我。我把弯曲的形状尽可能地弄直，但是包装纸上的皱褶看起来已是无力回天，像极了老人脸上的皱纹，无论怎样去拉拽都无法抚平。

"一个有刻度一个没有。"

"就这个？你在逗我吗？"

"我不喜欢逗人，尤其是今天。上去酒吧坐会儿吧。"我对蒂姆说。

今天交易地点的旁边就是一家很受年轻人欢迎的英式酒吧。

于是我锁了车门，四下打量了一遍这个剑桥街区，走上了酒吧的楼梯。老旧木板的楼梯一直发出咯吱声，直到踏进酒吧内都没有停下，上了年纪的木材已经分辨不出当初的颜色，走在上面却脚感十足，也许是敦厚的材质才让它幸存至今。据我所知，经常光顾的酒客中有一些中国留学生，他们都可以轻而易举地买到他们想要的东西，无论是女生喜爱的果味酒还是想要寻醉的龙舌兰，统统都可以

畅通无阻地获得。我通常会坐在吧台一角，这样既不会背靠着门，又不会成为吧台正中央遮人眼目的角色，还能侧身倚靠着观察形形色色的酒客。右手边是通往另一个房间的门洞，里面摆放着4张斯诺克球桌，却很少看到有人在使用，即使有人在打，那极窄的球洞和硕大的球桌也是极难驾驭的，当你看到半晌一球不进时便不会再注目。面前是一组极旧的皮沙发，很可能是祖母那一辈的品味，但是宽大程度足可以容纳10人上下，已经分不清颜色的皮质材料，有的开裂未补，有的已经补上加补，足以见得磨损程度之大之久。沙发背后是一台点唱机，只需要投1英磅硬币就可以选择自己想听的歌在酒吧环绕音响里公放。我从没投过币，想不明白为什么需要额外支付来改变播放顺序，等着就好，迟早会来。也许有些人真的迫不及待想要听到某一曲才可以平复自己复杂的情绪。我们虽是结伴同行，但我更喜欢独坐其旁置身事外，毕竟只需一瓶以上啤酒就可以让我晕晕乎乎一整晚。

　　我一边喝着啤酒，一边无意地扫视众多酒客，当中几乎可以从说话声的音量来判断他们的年龄，有时华丽的外表下往往隐藏空洞的内在，可往往越是脑袋空空的人反而表达得越多，这几乎已成定律。两个戴着眼镜的中国男学生（如果暂且还没有辍学的话）围坐在两位与他们年龄相仿的女生旁，这两位女生当然也是中国人。他们四人面前摆放着一排饮品，旁边一只小碗里放着几块切好的柠檬块，还有一只盐罐。看来已是老手。只见其中一名男生刘海遮住了半只眼睛，薄薄的嘴唇一直嘟囔个不停，附着一位老大哥的肢体语言，指着杯子面朝另一个男生说着些什么，猜想也许是扬言可以一举拿下之类的豪言壮语，着实对面这名男生像极了道具，毕竟这些话不是真的说给他听。另外那两位女生来了兴趣，虽只是莞尔一笑但却带有一丝丝期待。不可思议，有些女性眼中的英雄形象竟是如此的浅薄无力。

3 点整，我拨通了炸鸡店老板的电话，没有超过两声响对方就接听了。"你到了吗？"老板问。

"是的。"我回答了他。

"好的，马上。"简短回应后他挂了电话。

于是我们走下楼梯来到老板的店门口。这条街区最受欢迎的一家快餐店当属我眼前这间，不仅白天有游客、上班族和学生的光临，到了深夜，三三两两的酒友就会来这里充饥。当你肚子里已经全部充斥的都是威士忌、伏特加、龙舌兰的味道时，你是不会在意吃的东西的味道的，一切与酒不同的味道都是美味。说实话，到现在我都不知道这家店的名字，以及跟我做交易的这位老板的名字，不过我也没有兴趣知道，他称呼我为老板，我称呼他为老兄，仅此而已。我只知道他的柜台里卖的全是炸鸡块、炸鸡腿、鸡肉汉堡，还有烤羊肉卷饼。所以在我记忆里我一直标记它为"炸鸡店"。

"你说的那个电影叫什么名字来着？"蒂姆面朝炸鸡店门口若有所思地问。

"《低俗小说》。"

"所以说是虚构的，是吧？"

"你可以这么认为。"

"那些人在打斗前还吃着汉堡、喝着可乐？"

我没有说话，只是眼睛看着蒂姆点头示意他说得对。

"哈哈，一定是虚构，没错老兄，毫无疑问。"蒂姆露出了两排洁白的牙齿笑着说。

从炸鸡店旁边开了一扇小门，在此之前我从没注意过这里居然还有一扇门，也许是故意刷成墙的颜色来维持整体效果。老板从里面招手，虽然只是探出了半个脑袋，但是依然可以分辨出他严肃的神情。他的皮肤不算白，算是白人与黄种人之间，这也是我猜测他是土耳其人的依据。40岁左右，眼角无论是微笑还是疲惫总是耷拉着。另外，我不是很乐意看到他微笑，也许是由于微笑是这个人最讨厌的表情，因为微笑在他的脸上难以掩藏他的狡猾，甚至假到足以让你识破百遍。他的脸颊很瘦，如果只看面部的话很可能会误以为他骨瘦如柴，但他中等身形且体毛旺盛，满脸的胡须看起来略显彪悍。

我打开了后备箱，示意蒂姆跟我一起把两个大箱子搬进那道窄门里。虽然已经不是第一次交易了，但是这次非同寻常，因为从那晚那笔交易开始我正式从零售转为了批发。我从一个赚零花钱的小贩正式转型为一个批发商。

突然想起村上春树先生曾经写道的："人不是慢慢变老的，而是一瞬间变老的。"

然而那时我才 18 岁，比起刚刚踏上这片土地时的我，也仅仅是一年之隔。我在想，也许我的一瞬间来了。

2 初尝

味道，不同的味道，倒不是说简单地用舌尖味蕾就可以品尝到的滋味，而是贯通鼻尖到鼻腔甚至乃至喉咙才可以体会到。清凉的空气里夹杂着复杂的机械味，像是被净化过的尾气，既清澈又敏感。

2005年，我19岁，一路被这种味道从飞机廊桥引到了地面。踏着松软的地毯，刚好可以支撑结结实实的10个小时航班煎熬过的身体。

周围被紫色包围着。紫色的告示牌，提示旅客带着行李朝前走，紫色的广告语："Welcome to London（欢迎来到伦敦）。"从来没有见过这么多紫色，像是热情，却又显含蓄，绝对不是严肃，然而又不是纯粹的放松。我对这个国家知之甚少，除了新鲜感之外就是好奇，此时我深知，向前的每一步都是未知的世界。

我顺着紫色标识朝到达大厅走去，途遇肥硕的海关检查员盘问了我几个他不得不问的问题，他面带严肃且认真检查，然而最终不得不放行我这个无害的学生。从侧面路过看到他的形体时，我不得不对他的体形感到惊叹，他上半身肥硕，那下半身连屁股也十分肥硕。

顺利取到我的行李箱后，继续向紫色出口走去。不远处一名穿着制服，神情带些刻板的工作人员站在通道的正中央。我与他短暂对视后继续朝前看。这时，我用余光捕捉到这名制服男子竖着手掌指向我，示意我靠边。

"先生，请打开行李箱，这是例行检查。"制服男子对我说。

除了莫名其妙外，我只有无奈地配合。看到满箱的生活用品和衣物，还有一大袋袋装食品，他若无其事地摆了摆手示意我可以离开。事实证明那些是 30 个月饼，我特喜欢吃月饼，时值 10 月，马上就是中秋节，没有理由不带一些随行。不过每日按一块计算只能维持一月，想想就觉得珍贵。

走进长长的通道，穿过了一个小小的购物场所后来到大厅，这里围着栏杆挤满了手举名牌的人们。想必他们都是来接像我一样初来乍到的人，想想如果没有名牌，大家都靠喊名字的话，不仅会闹出世界各语言发音的笑话，还是一个费嗓的活。

顺着视线由近及远，一一排查写有我名字的那块牌子。很快，视线停在了拼写极为简单的一块牌子上：Zhixing Wei。手举名牌的是一位老人，年龄 60 有余，衣着虽说不

上时尚，但颜色和风格的搭配可以看出这位女性的庄重和利落。她严肃的神情与周围的人们形成了鲜明的对比，没有热情的神态，更没有热烈的欢迎。也许是她早已习惯了这样的工作，又或者只是站久累了，更或者是完全没有必要与素未相识的人洋溢心中的热情。无论是哪一种，我已与她同行至较宽敞的地方并排而坐。只见她从手袋中掏出一个封白色信封，拿出里面的东西递给我，说道："这是你的大巴票，下一班发车时间是晚上 8 点 10 分，现在还有半个小时，所以我们在这里等着。"她的表达简洁明了，不需要太多的语法功底就可以明明白白。毕竟就算不明白，也可以从票据上面的图画和时间分析出我的下一段旅途。

就这样我们再无交流。我尝试着想要攀谈，但又不知该如何开口，总怕自己会语无伦次或词不达意，于是乎我们就这样坐着等待时间。

四处打量，各种肤色的人来回走动，穿着打扮也尽各有型。有的穿色彩鲜艳的华丽套裙，有的穿牛仔裤皮夹克，有的西装革履，有的头上裹着白色头巾、身着白色纱布长袍，想必是有特殊的意义。总之各色各样的人们来来往往，千奇百怪，像是一个舞台，各自展现着自己独特的异域风情。

片刻间，这位老人起身，示意我跟着她朝前走，穿过一扇自动门后来到了机场外。此时深吸一口气，秋日清凉的空气瞬间直袭肺底，紧跟着那股味道再次袭来，当想屏息分辨时却因鼻子已快速适应而难以辨识。不远处看到几辆大巴车，我们朝着其中一辆走去，虽然我无法分辨到底哪一辆是我要乘坐的，但身旁的老人迈着自信的步伐。越靠近车辆那股味道越浓重，此时我断定，是柴油，是较清洁的柴油发动机尾气味。一边分析着味道，一边把我手里拖着的旅行箱交给了大巴司机，看到他挺着个大啤酒肚我本想自己搬进大巴行李舱，可他执意让我离开，看到里面整整齐齐码放着的各式尺寸的箱子我才有所理解，也许这一切都有他自己的安排，生怕我这样的随机旅客搞乱了他的计划。

我与长者告别："谢谢您，女士。"

"不客气，你将会在 11 点左右到达伯恩茅斯，旅途愉快。"老人说。

我踏上了大巴车，随意选坐了一个靠窗的位置，与此同时，车门在司机的操作下自动关闭，一阵引擎启动声后大巴驶出了车站。

这一次长途跋涉几乎在不断地试探我的忍受程度，从我土生土长的小城出发到首都搭乘航班算起，再到现在几乎在途已经超过 24 小时，我早已失去了对时间的概念。困意似乎还未舍得眷顾，只觉大脑中有太多的信息需要重新整理，就像电脑硬盘一样，该删除的删除，该归类的归类。

大巴车平稳地行驶在高速公路上，这才意识到所有的相向而来的车辆都在我的右侧，而再看司机的座位也相应地变换到了右舵。这种与习惯完全相反的事件，却并没有对我产生颠覆性的影响，反而自然而然地自适其中。在驶离伦敦的途中，两旁的路灯昏黄繁多，各式各样的汽车相继呼啸而过。渐渐地不知从什么时候开始，那一盏盏高耸的路灯变得稀稀拉拉，紧接着遁入黑暗。眼皮突然变得沉重，脖子歪向一边，脑袋抵在玻璃窗上，就这样，那漆黑与深渊毫无征兆地袭来。

　　一阵坚定的晃动似乎把我从另一个世界拽了回来。车停了，人们开始躁动，我也试图用频繁的眨眼来适应当下的光线。当搭上已提前预约好的计程车时，我越发觉得有些失落，这意味着旅途就要终结，对我来说旅途的意义似乎并不是终点，而是旅程本身。

　　计程车停在了寄宿家庭的屋门前，我叩响了门锁的铁质半圆环，"嗨，你好吗知行？快进来！你一定累坏了！"女主人佐伊热情地把我迎进门，我回以礼貌的微笑。狭窄的玄关走廊顿时觉得拥挤，只见佐伊身后冒出男主人尼尔，身材高大，穿着已磨损不堪的松垮牛仔裤和浅蓝色针织毛衣，蓄着花白的胡须，展露出大方的绅士微笑，眼睛也眯成了缝："你好啊！欢迎！"他们的龙凤胎儿子安迪，金黄色短发，鼻梁高挺，也许受父亲的影响，衣着品位简直同出一辙，只是款式较新，腼腆地向我打招呼："你好。"站在最后面的是他们的龙凤胎女儿露西，英国人的高大以及父亲的遗传，使她十六岁就已经有一米七以上的身高，披肩金发，灰蓝色的眼球显得冷峻难以接近，脸上的雀斑横跨鼻梁，打招呼时微笑稍纵即逝："你好。"

连上衣还未来得及脱，佐伊带我来到客厅拿起电话递给我，说："你可以给家人报个平安。"我拨通了父亲的电话，略有不同的是每个等待的嘟嘟声都拖长了一个音节，想到这通电话横跨8000多公里，之间既有陆地也有海洋，再拖长一点也不足为奇。父亲母亲两人都在电话旁，听声音不像是半夜被铃声叫醒的，我简短地报了平安，得知我一切顺利后，他们二人说我的声音听起来像是被半夜叫醒的，令我赶快休息。

挂了电话，经过佐伊的安排，安迪帮我把硕大的行李箱抬上了三楼，楼梯狭窄，以至于平放的行李箱无法拐弯，到达平台后才发现这是一个阁楼，因为最中间的房顶是由两侧相聚而上，形成一个"人"字塔尖，而两侧最低处只到达腰间，也就是说如果要靠墙站立的话不得不低着头弯着腰弓着背才可以与墙面贴平。平台走廊的尽头是一个公用卫生间，紧凑的淋浴房关上门后只可容纳一人站立，连架着胳膊的多余空间都没有。左侧是我的房间，右侧有一扇关着的门，里面是什么不得而知。

行李箱被挪至房间后，我和安迪几乎无法共存在这个空间内，所以他说了晚安后就撤出了。我环顾四周，但还未展目就已到尽头，甚至环顾所需转动脖子的空间都略显不足。房间狭长，有一半的屋顶是处于腰部以下，因此我的站立空间只有一长条。斜坡下是一个简易写字桌，除了

台面和四条腿之外没有配抽屉，桌上刚好可以放下一台笔记本电脑。房间一端的尽头是一个衣架，虽高度足以挂下我的衣物，但我担心细溜溜单薄的木杆难以承载衣服的重量。另一端是一张半人床，不仅看起来难以翻身，其中一半还掖在斜坡屋檐下，也就意味着我没有了选择脑袋朝向的烦恼，不然每天早晨起床都会被碰脑袋。

我并没有想打开行李箱整理的欲望，尤其自从看到床的一瞬间，全身的肌肉已自动开启了放松模式，如果此时没有顺势而为的话我担心肌肉们怕是要报复我了。拖着疲惫的身体我尝试把我自己挪进半人床中，床垫弹簧出奇地弹力十足，雪白的床单，松软的枕头，轻飘飘的被子。此时我依然无从感知时间，也无意去计算，只知这漫漫长夜似乎已成永恒，我深陷其中无法脱身。睡意并没有按计划如期而至，大脑像是已经习惯了这昼夜颠倒，跟疲惫的身躯宣誓抗争到底，于是乎，早已滑入休眠的身躯无视大脑的指令，孤零零的指挥部只挣扎了片刻也沉入梦乡。

但这一夜，无梦。

3 半导体

次日清晨，闹钟准时 8 点作响，我的确有这样的习惯，大概是从小学三年级开始，无论几点钟入睡，睡在哪里，睡眠的时间一定是需要提前计划的，就算明知会是一个慵懒的上午，也要规定自己可以慵懒的时间。看了一眼手机屏幕上的日期，再次确认时区已经自动切换为英国格林威治时间。没错，今天是星期日，一天时间足够做休整，为周一的课程学习做好物质和精神准备。

听到门外脚步走动声，我打开房门，迎头遇到乌玛，委内瑞拉人，身高比我高一截，深邃的眼窝，翘卷的睫毛，清晰的下颌线，这种精致感与他南美洲特有的棕色皮肤的粗犷感略显格格不入。后来得知他与我同龄。

"嘿！抱歉，昨晚你到来时我已经休息了，没能与你说嗨，你怎么样？一定累坏了！我叫乌玛。你叫什么名字？"

"我叫知行，想必你就是我的邻居了，很高兴见到你。"在国外依旧保留中文名字的我也当属个例。目前为止，给自己另起他名而非外号的也只有亚洲人，日本人、韩国人、泰国人、马来西亚人、新加坡人以及本国语言难以发音的一些国家，最多的当属中国人。当一位金发碧眼，白色皮肤的人因为始终无法正确发音你的名字而抓耳挠腮时，一个简单的本土词汇作为替代即当务之急，中文发音需要调动口腔肌肉的程度是绝大部分别国语言无法匹敌的，除了西班牙语和俄罗斯语或其他语言中的小舌音。此外，中国人对于名字含义赋予进一步地应用到了异国文化之中，最令西方人茫然失措的当属星星 Star""月亮 Moon""下雨 Rain，甚至是阿拉伯数字 7（Seven）啦、11（Eleven）啦的英文表达也可以被中国人作为名字使用。当一个中国留学生对老师说"你好，我叫 Seven"时，难免会遭到对方异样的眼神审视，意思大概是：你是认真的吗？无论如何，这样的一个名字我实在想不出来。如果从字义翻译的话我的名字带有形而上的智慧，更或者是至高无上的道德，可这不是自讨苦吃吗？如果单纯用"知道""行动"的英文单词作为名字，心却又有不甘。因为蕴藏其中的深邃含义没有了，就像正午的当头日照，突然戴上了太阳眼镜，透过镜片虽然还可以看到太阳的轮廓，可是早已感受不到那耀眼的光亮，岂不是自欺欺人。每每想到经几百年来沉淀下来的两个字就要这样被人为地抹杀，就很心痛。想必父母也是怀着深深的寄托而望子成龙，否则我的名字就叫二狗、铁牛等。

　　乌玛同我握手，手指骨骼宽大且修长，但少了些雄性力量。当男性握手时会额外发力、握紧，尽可能让对方感受到自己的尊重、诚恳和重视，又或者在同时向对方展示自己的男子气魄。此时的握手更像是与一位女性打招呼，礼貌性地点到为止。

　　从三层阁楼下到二楼平台，我才第一次注意到这狭小的空间内开有五扇门，分别住着房东夫妇、安迪、露西以及来自瑞士的马克和墨西哥的维纳西，这后两位与我和乌玛一样，都是来伯恩茅斯这座海滨小镇读语言课程的。无奈这世上仿佛做什么事情都要某个机构或者某一群人的认可方可被允许，此外他们还发明了考试这类的测验方式，来验证你是否符合他们的标准进而允许你做你自己想做的事。因此我们的目标不谋而合，考取一个可被认可的英文语言成绩。

　　穿过一楼厨房后来到餐厅，一个长方形木桌占据了几乎所有的空间，一面墙边摆放着一台多媒体 CD 音响，看外形并不是奢华的品牌，而且款式老气，此时正在播放着 BBC（英国广播公司）某个电台的收音机。电台中的语气谈吐的确久违了，自从大概四五岁时摆弄过姥爷的半导体收音机外就再也没有听过这玩意儿。那时虽然毫无音质可言，可从刺刺啦啦的杂音中可以分辨出当下的节目是令人无比兴奋的，也许是一篇新闻稿，又或许是一段耳熟能详的音乐。但我的姥爷最期盼的是可以收听一段京剧或者山

西梆子一类的戏曲，那是他和姥娘的最爱。但不知从什么时候开始，那半导体收音机依然会被擦拭得一尘不染，原封不动的位置也没有被替代，但它像是突然沉睡一般，不再发声，再也没有醒来。坐在长桌的一侧，身后电台的声音就像是真人再现，两位主持人的语调是那么的滑稽、激昂，可惜的是能听懂的单词没几个。转头看另一侧是该房屋的后花园，草皮被修整得恰到好处。最远端有一个阳光房，像极了木制树屋，那是男主人的居家办公室。

餐桌上摆放着吐司、烤面包机，还有巧克力酱、草莓酱、花生酱，它们依次排开，后面是几种口味的麦片和牛奶。这阵仗让我一时不知该从何下手。选定巧克力酱后我拿起一片吐司，用银质餐刀舀出一大块涂抹在上。我把吐司对折起来，大口塞入嘴中，从来没有过如此肆无忌惮地把巧克力当作食材。于是，我又如法炮制地吃了花生酱三明治和草莓酱三明治。我照着麦片包装上的图片说明，把麦片泡入冰凉的牛奶中，既冰爽又香脆可口。记不得这个同样的早餐连续吃了多久，仿佛一旦被认定就无法舍去。

随后我回到房间整理行李，对于一个男生来说并不是一件大工程，不会像女生那样化妆品护肤品各种瓶瓶罐罐多得难以收拾。我依次把我的两件T恤、两件卫衣、两条裤子挂在衣架上，内衣裤袜收在下面的抽屉里，一件外套从昨晚一直搭在椅背。本想找一个阴凉宽敞的地方存放我的月饼，无奈空间有限，只好把它们留在箱子里帮我压箱底。

　　乌玛领了女主人的任务带我去采购一些生活用品，顺便让我熟悉一下周围的环境。踏出房门的一瞬间，清新的空气包裹了我整个人，呼吸不像是我主动去吸的，更像是沉溺于空气中顺着鼻腔倒灌进了我的全身，什么时差、疲惫，竟霎时一扫而光。来到屋外后这才得空打量整栋建筑，清一色英式红砖，连屋顶的烟囱也是由红砖砌成的，两户连体别墅节省了一部分空间，每一层都配有采光更好的维多利亚式窗户。纵览整条街区，这一模一样的景色一直延伸到视线消失处。此外，从房屋的缝隙中看向周围，也是同一番景象，这才明白，原来附近是一个传统居民区，没有高楼林立和镜面玻璃，没有时尚设计，也没有嘈杂声音。上百幢像这样的红砖建筑安详地沉睡着，我们低声细语，脚步轻盈，生怕打破了这里的宁静。

4 安格鲁

　　我们步行了近 40 分钟前往市中心，毕竟 1 英镑的公交车费相当于人民币 16 块，计程车就更不在我们的考虑范围内了，所以决心买一辆自行车，任凭它二手还是几手。途中经过了我即将就读的语言学校，安格鲁洲际语言学校。我故意放慢了脚步，静观这座未来几个月要与我为伴的学校：通过临街的矮围墙可以一目了然地看到内部的布局。三座又矮又扁的建筑，奶白色的外墙颇有儒雅之风，最高处也不过三层，互相以连廊相接，占地面积足够大的前庭院，草坪边有两组长椅，面向南方，势必会是有闲情逸致之人午后不错的选择。

　　继续沿路向西而行，不远处我们拐进了一片树林中，顿时凉意四起，沿途的轮胎噪声、引擎声也随着步入林中后悄然褪去。一只肥硕的松鼠扰动了林中的落叶，引起了我们的注意，这么近距离看到野生动物还是头一次，只见它的尾巴翘成一个弯钩，密实的毛均匀地向外蓬松，虽没有实际碰触到，但已体会到掌心的绵柔和顺滑。它四脚着地，歪着脑袋看了我们一阵后，飞快地爬上了最近的一棵树。林中的水泥小路蜿蜒着下坡，周围时不时地冒出松鼠，倒是给这宁静的气氛增添了许多生机。穿行至树林的边缘焦虑感越发严重，生活中面对繁华的城市总有种负重感，不得不面临的学习和工作，不得不面临的人情和世故，从离开丛林的那一刻起都要背负着继续前行。

从水泥马路踏入石头路起就是市中心了，大大小小的石头早已被踩得高低落错、光滑有度，偶有十分低洼处还可见雨水的残留。行人熙熙攘攘，虽已是凉秋，但穿着短裙皮夹克的少女和穿花裙露脚踝的主妇们并不少见，这与我大脑中信息库最深层的"老寒腿"的认知撞了个人仰马翻。快速浏览四周，只靠查看店铺名称的话根本无从得知里面到底是什么营生，"巴克利"是家银行，"吉姆的店"是家屠夫肉店，"安德森"是家雪茄及周边产品专营店。想要知道里面卖什么，一定要盯着橱窗看半晌。唯独一种店例外——咖啡店，别的不用多说，只需要鼻子吸上一气，就算得了重感冒也不会妨碍那香气扑鼻入脾。我顶喜欢咖啡，每每手握一杯新冲泡的咖啡，我都会仔仔细细认真对待，生怕那些食物或别的什么杂味干扰到咂到的那第一口。第一口很重要，如果第一口味道不能直到心底的话后面整杯都难以弥补这种失望之感。

来到一家店名为"车话仓库"的地方，结合字面意思

以及橱窗的观察我猜有可能是我所需要的。

"你好，我需要一根线上网用。"我对迎面走来的一位销售人员说。

"你好伙计，是 LAN 线吗？别急，我拿给你看。"他说话干脆利落，西装笔挺，走路带风，由此看来这是一位英国的白领。

拿到包装仔细检查了线两端的接口，正是此物。虽然只是一根线，但突然有种与世界另一端相连接的感觉。

我们原路返回，重回林子的感觉还是很惬意的，同样的凉风，同样的松鼠，唯一不同的是爬坡，紧绷的大腿肌肉略略发热后才晓得这小山丘落差之大。

回到家中时早已过了午餐时间，但餐桌上留有我们的三明治，白吐司对角切半，两个半角之间夹一片奶酪和西红柿片，另外两个半角间夹了金枪鱼肉，两个三明治叠在一起用透明保鲜膜包裹着，旁边有一根香蕉和一小杯酸奶。这样精致的午餐对于一个"半大小子吃死老子"的北方少年来说简直连开胃菜都算不上，毕竟山西人从小以面食为主，什么蛋白质、维生素统统都靠边，碳水才是温饱的象征。无论是早餐、午餐还是晚餐，甚至是消夜，一碗面条才是合格的标准。换句话讲，如果一顿晚餐只有龙虾、牛排却没有餐后配一碗面条收尾的话，山西人离席时就会交头接耳互相嘀咕："今天没有吃好，感觉缺点什么。"这时候如果有个人跳出来说一句"缺一碗面条"，顿时就会受到大家一致的肯定，对于这些人来说光是想想这碗不存在的面条都是一种享受。

　　丰富的午餐被我一股脑儿地填进了肚子里后，我迫不及待地回到房间将我的笔记本电脑接上网线，重回世界的感觉再一次地油然而生。与父母留了信息，再一次报了平安。与两三好友留言交代了最新情况。虽只过了半日，却积攒了好些话要说，可把语言付诸文字时却词穷了。感受这东西确实难以捉摸，而且难以叫人感受到同一点位，即使是同一点位却又不是同一维度。我们的内心总是尝试倾诉，多想准确无误地一吐为快，可每到嘴边却担心起没有合适的语言来表达，生怕一说就错，让人误解，想到这里就会作罢，伴以叹息或一丝苦笑，一笔带过。

　　次日是周一，用过了早餐，沿着预先熟悉过的路来到了学校。经过了一个简短的语言测试，我被安排在了中下级的一个班。整栋楼内都铺有淡蓝色地毯，着实增添了一些温馨感，不像水泥墙、水磨石或瓷砖总给人冷冰冰的感觉。教室的桌椅连为一体，小桌板可以上下翻转方便入座和起身，大家除面向老师那一端三面环墙围坐，颇有会议讨论的感觉。

　　由于是一所语言学校，自然大家都是来学习英文的，因此我们的年龄、国籍千差万别。有来自厄瓜多尔的女大学生，丰满的身形，热情的眼神；还有几位来自沙特阿拉伯的上班族，头发浓密带卷，身上总带有咖喱味，名字都

叫穆罕默德或阿卜杜拉，毫不夸张地说整个校园内足有20个穆罕默德和30个阿卜杜拉；还有一位来自法国巴黎，身穿破洞牛仔裤，翻毛马靴，棕色皮夹克；一位来自日本，个子很矮，走起路来呈内八字，遇人遇事总鞠躬，因为与台湾同胞混血所以她也会讲中文；还有两位是如假包换的台湾同胞，与他们聊天着实有种身临电视剧中的错觉，尽管如此，依旧还是可以碰撞出亲切的火花。

比起刚刚结束的国内的高中课程学习，这里的语言课程学习起来非常轻松，早上9点15分上第一节课，两节一个半小时，课后就是一个小时的午餐时间。对于午餐，时间并不是问题，而是价格。初次来到餐厅空空荡荡的，稀稀拉拉两三人各自落座在不同的圆桌旁，取到蓝色托盘后不需要排队就来到了取餐区，三个大大的白色瓷盘并排摆放，分别盛有意大利通心粉、烩蔬菜、烤鸡腿，瓷盘顶部有保温灯照着，那盘里的食物就像柜台里的货品被四周的射灯对准，闪着光，诱着人。依次装进餐盘后一位女士帮我结账，5磅25便士的价格使我尴尬了一阵子，也许在旁人看来我从裤子口袋里流畅地掏出钱包，精准地取出一张10英镑纸币。可这一系列动作却是我演技的呈现，因为没有一个动作是自然发生的，而全部都因尴尬而驱使着，毕竟前方是已经为我盛好的饭菜，后方是紧随我排队的同学，折合人民币近100元的食堂午餐让我进退两难。一边叉子送餐到嘴里，一边在脑海中盘算着今后的午餐何去何从，结果压根没尝到食物的味道，只是完成了填饱肚子的使命。

下午 3 点 15 分的结课时间着实让人不习惯，毕竟早已习惯了深夜才放学，反而面对这么多的空闲时间不知所措。询问了最近的超市，于是我决定去采购一番，虽说是采购，其实目的很明确——解决午餐。

超市内景色颇为壮观，各色的蔬菜水果整齐划一地放着，像是有意经过调色一般给人以艺术之感。等一下，我是有目的的，不能被这琳琅满目的货品迷了心窍。迅速来到烘焙区，一排排的吐司在我眼里像是隐身了一样，因为我的目光只锁定在价格上，直到扫视到最后一排，一个惊艳的数字吸引了我，25 便士，白色透明的塑料包装，并没有精美的图案设计，从里到外渗透着质朴的气息，没错，就是它。带着我的战利品再次找到罐头区，很快就让我发现了金枪鱼罐头，像是撞了大运，1 英镑 25 便士，金枪鱼罐头是所有类别中最便宜的，虽对金枪鱼有些许打抱不平，但心中却窃喜。

第二天早上用完早餐后，随即打包好了我的金枪鱼三明治，经过了保质期和数量的精密计算，一条吐司和一罐罐头刚好够吃一个礼拜。平均每日 6 元人民币，既有碳水又有充足的蛋白质，着实让我对这午餐计划的成就感油然而生。

5 舞者

　　课程按部就班在进行，虽说不上有所顿悟或者获益匪浅之类的，但也许这就是语言的学习方式，一点一滴地渗透。说实话，什么语法啦词根啦，简直一窍不通，况且就算学习到了一个语法表达，马上就有相对应的特殊表达站在它的对立面耀武扬威，既然都有自己的特殊情况，为什么还要对其进行归类之后再分解呢？别说英文了，连自己母语的语法好像也从来不知道它们存在过。既然语法非学不可，那我们又是如何学会叫妈妈、谈情、吵架、撒谎的呢？在这里我可是一天都没有学过语法，遇到新的词汇我会摘录在一张白纸上，积累够一星期就折起来装在口袋里，早晚往返学校的路上就掏出来背，虽说从来没有滚瓜烂熟地背诵过，但大都混过了脸熟，再次在某处见到时会有一种似曾相识的感觉，就像是路上偶遇某人一闪而过之后突然回忆起这个人在哪里见过。我猜学习与吃饭确有异曲同工之处，一天虽然会吃很多饭，但是大部分最终还是会以废物的形式离开我们的身体，只有极其细微的营养被我们默默地吸收，读过的书大部分文字都已被我们抛之脑后，但是其精华却被默默地吸收。

某一日晚饭后，隔着空心的房门就能听到乌玛哼着小曲儿在自己的房间来来回回穿梭着，闲来无事我开门与他搭话，

"嘿，你在做什么？"

"我要出门啦。约了语言班上的一个同学一起去夜店。"乌玛一边得意地说一边用发胶鼓捣着自己的头发，一撮一撮地试图让头发都朝天竖起来，已完成的那部分的确看起来很精神。后来才知道这发型叫莫西干，球星贝克汉姆的造型。

"夜店？好玩吗？"

"你没去过？"乌玛停止摆弄头发，皱起了眉心惊讶地看着我说。

"没有。就像是酒吧吗？"

"你想一起去吗？不，你必须得去。今天就去。"

"好，我跟你去。"

相约好 8 点钟后，我回到房间试图准备些什么，可又不知道该准备些什么。我的头发标准的圆寸，因为听说这里理发贵极了，所以极短的发型可以拖延一下理发的开销。衣架上的衣服也无须打量，都是运动类的舒适型，连一条牛仔裤也没有。鞋只有一双，乔丹十八代篮球鞋。想想刚才乌玛的打扮，花衬衫，破洞修身牛仔裤，高帮翻毛靴。我与他并肩出门时，感觉自己像是要去打一场篮球赛，而

绝非去夜店。

跟随他步行至同学家门口，走出来的是一位女生，互相用简单的英文介绍后，他们两人开始了母语西班牙语的交流，我只负责跟随左右不要掉队就是了，因为七绕八拐之后我已经完全迷路。夜店的年龄限制是十八岁，入口处一位身着黑色呢子风衣的光头大汉，耳朵里别着蓝牙耳机，并没有对我这么一位十九岁的学生过多关心，我顺利地进入了。

空间内的音乐震耳欲聋，感觉声音已经不是从耳朵外进入，而是整个人被泡在音乐声中，也许这就是沉浸式的由来。顺利地买到酒后，我一边拿着啤酒瓶慢慢一口一口咂着，一边望着整场的人们伴着节奏明快的音乐跳着舞。有独自一人闭着眼睛扭动身体的，有三五好友围着圈的，大多数则像乌玛与他的同学一样一对男女在交流。空气中弥漫着干冰雾气的味道，混杂着每个人身上的香水味，再加上飘浮着的各式酒精味，汇聚在我鼻孔里后形成了浓浓的荷尔蒙味。随着酒精的发作，我渐渐燃起了想要加入人群的欲望。

这时看到乌玛二人正与一位新面孔交谈着，这种环境下早已不再是交谈，只能贴近耳朵大喊，运气好的话也许能捕捉到一个关键词。通过乌玛对我耳朵大喊的关键词中我了解到这位新面孔女生也是他的同学，来自韩国。我早已分不清加快跳动的心跳是因为她清新的容貌，还是酒精的作祟，总之在那昏暗的灯光下，我情不自禁地想与她靠近。

音乐隆隆入耳，旋律只能捕捉到低音的鼓点，其他的一切譬如什么乐器、节拍、歌词，统统都已淹没在酒精充斥的脑海中。我与她逐渐靠近，近到刚好可以被识别出我们二人是共舞的对象，随着本能欲望的驱使，就像动物之间锁定了交配对象，雄性定会试探雌性，以求得共识。与其说试探不如说暗示更妥，毕竟试探的对象也许是有意隐藏，暗示的对象则被希望有所隐藏。我们的身体逐步继续接近，手臂已经足够环绕腰间，随着一首歌到达了高潮，舞池内所有人纷纷高声尖叫，我把双手搭在她的腰间，这么做的目的很简单，尽可能地隐藏我刻意的举动，一切就好像是副歌部分把我的手推向她的腰间，而并非出自我的主观意识。出于礼貌，我的双手只是轻轻地悬浮于她的衣服上，但已足以让我感受到她扭动的身躯在我手掌中起起伏伏，柔软如棉。试探也好，暗示也罢，我们的肢体不断地在靠近，直到我们的双腿互相交叉相抵在一起。无限接近之前极力想要接近，一旦接近后实实在在发生了却偏偏异常地镇定。我的眼神时不时在她脸上停留很久，当目光碰到一起时我便可以寻求一些我的答案。虽然我们国籍不同、语言不同，但眼神却是所有人的共同语言。

我找到了我的答案。

我们随着音乐的深入浅出，渐渐恢复到了正常社交距离，身上已经开始散发着潮湿的汗味，地板上时不时会踩

到黏黏糊糊未完全干透的酒精饮料，我与她在对视时互相投以浅浅一笑，在这里，舞，舞，舞，我们都只是一个舞者。

走出夜店时刚到午夜，一身的臭汗一下子不知道躲到了哪里，只留下了打哆嗦的身体。我们与韩国女生道了别，没有留下她的名字，也从未想留下任何联系方式，也从未想再谋面，却留下了不可磨灭的印记。

乌玛和他的同学分别时互吻了彼此的脸颊三次。我们二人沿着来时的路往回走，湿凉的空气像是凝固了一般，没有了车辆和行人的扰动，连呼吸都变得厚重，甚至无须深吸，凉意就可直达全身。

6 深夜访客

空暇时上网成了我唯一的消遣方式，并不是因为无聊无处打发时间，而是忙碌后的期待，甚至成为一种精神寄托。我有一大堆新鲜的事情迫不及待地想要跟国内的好友分享，同时也急不可耐地想去了解他们最近的生活，哪怕对方只是说"我要去打球了，晚点跟你聊"，我都会身临其境。我会把我自己想象成他们，穿着最爱的球鞋，球场上跟大家挥汗如雨。渴了会猛灌一瓶矿泉水，累了就席地而坐。零花钱富裕时大家一起吃汉堡，不富裕时就在学校食堂买20个馒头。对于这群人吃喝输赢什么的一股脑的都无所谓，最重要的是在一起。有些人在一起明知会输，却充满热情地一次又一次地赴汤蹈火。有些人在一起有很大概率会赢，却始终提不起兴趣。足可以证明输赢并不是这些人的目的，而是与自己认可的人共同朝着相同目标而努力的过程才是目的。

乌玛是一个足球狂热者，从他放学后的着装和神态可

以看出几乎天天都要踢球，这可能与他南美的血统，以及受文化的熏陶有关。他没有自己的电脑，所以偶尔放学后看到我在房间会很礼貌地询问我，是否可以借他一用，给家人和朋友发一些电子邮件，我很乐意帮助他，顺便我也可以休息一下眼睛。久而久之，渐渐地分享电脑这件事成了习惯，有时我放学回来得晚，走到房间门口就已看到乌玛坐在我的椅子上。

他会说："嗨，抱歉，今天有一件急事所以需要用一下你的电脑，我马上就好。"

一来房间内并没有什么贵重之物，二来我也没有那么迫切需要用电脑，先于我用也无妨，所以我回之："没关系，有什么需要尽管用就好了。"

不知从何时开始，起初两三天他会先于我出现在电脑前，后来每天放学回家都能在我的房间看到他的背影，说来也怪，我竟也已习惯了。有时很难判断他是先于我几分钟到家的还是在电脑前早已坐了好几个小时。

直到有一天，我决定要对此采取措施。

再正常不过的一个晚上，我们大家一起用过晚餐，对当天发生的事情无论有趣的还是无趣的都会谈论一番，最后贡献以纯社交的哈哈笑声或失望的叹息后各自回到自己的房间。墨西哥女孩凡妮莎仿佛一整天都在八卦某人或某事，对我的态度可从语气中体会到，那种时不时的低声细语或语速惊人的阴阳起伏，只传递出一种信息，那就是与当天的书本无关。虽然相隔一层楼板，但女性那穿透力极强的高频率声调还是会绕道楼板之间的夹缝到达我的耳边。那位瑞士绅士马克每天在做什么无从得知，其一我们每天都是闭门谢客的状态，其二没有从他房间内听到过任何声音。独有一次想要借用他某件物品时进过他的房间，一张不大的写字桌上只有一台亮着屏幕的笔记本电脑最为耀眼，顿时感叹一块块电子屏幕拉近了多少心，又同时隔绝了多少人。而我本人也不例外，晚饭后常规地坐在屏幕前，兴冲冲地对着键盘敲敲打打，直到晚上十点半，也就是我的睡觉时间。如果要用一个词来形容我对时间计划的态度，思前想后好像只有一个，痴迷。无论今天多么的精力充沛，第二天多么的空闲，丝毫不会成为打乱我时间计划的任何理由，哪怕最终以头脑清醒的状态闭眼躺上它一整晚，也不会坐起身来做做其他。如果第二天一早有重要的安排，我更是会设置两个闹钟，第一个闹钟为起床时间，第二个闹钟会紧随其后 3 分钟，以防万一没有听到第一个闹钟。比方说需要提前 30 分钟出门，我便会留出额外的 15 分钟来等待那 30 分钟的到来。人一生可以自我掌控的事情并不多，也许时间是这为数不多的一个。

　　闭上眼睛酝酿之时，通常意识深处会有很多碎片浮出，例如某个人的某句话，某个表情神态，又或者是针对某句话的一些揣摩和幻想。正在此时，我的房间门被缓缓地打开，走廊中平时昏暗的暖灯光，通过门缝无情地泄进了我的房

间，霎时变得如此刺眼。进来的人是乌玛。

"嗨，你在睡觉吗？"乌玛捏着嗓子轻声说。

"我刚才是。"

"实在抱歉，有点急事需要用一下因特网，可以用一下你的电脑吗？"

"可以，请吧。"

在他落座启动电脑之后，我确信空气中散发着尴尬的味道。有以下几件事让我着实想了又想却最终没有得到答案。首先，我是否应该继续躺着，因为这并不是正确的待客之道。虽然时宜不恰，但毕竟入门为客。其次如果我继续躺着，我是应该睁开眼还是闭上眼，闭上眼继续睡觉眼下一定不是最佳选择，一来睡不着，二来等他走时应该还会打招呼，那时再睁开眼岂不是多此一举。然后，如果睁着眼，那我应该望向哪里呢，显然盯着"别人"的屏幕是非常不礼貌的一件事，可除此之外只剩下灰暗的天花板和墙壁了。最后，我是否应该搭话，可又生怕挑起的话题带偏了对方的思绪影响了他处理重要的事情。至此，我被这几个问题以1234、3241、2413的各种顺序困扰着，也不知尴尬了多久，思考了几时，乌玛轻声说："好了，结束。"随后关闭了电脑。

"太感谢了，再次抱歉，晚安。"乌玛一边说一边退出门外。

"晚安。"我对着缓缓关上的房门说。

随着电脑散热风扇的停止转动，我惊讶房间内原本可以如此地安静。我承认，这件事就像车身上的一块鸟粪，虽然不是一个威胁到安全而需要立刻处理的隐患问题，但绝非长久之计。可我除了借钱外，却不是一个懂得拒绝的人。

有时候我们既无法答应，但也无法拒绝，仿佛这个选择的存在本身也是多此一举，因为不存在的事情就无须答应或拒绝。我选择离开。我已暗暗做好决定，什么时候付诸行动还未知，但打定主意的事情我是迟早要做的。

7 麦克

　　在安格鲁最吸引我的并不是课程本身，而是满教室来自世界各地的人们。听着他们操着本国口音说英文简直是一大快事，这里完全没有嘲笑或讥讽，因为各国文化在口音中实实在在地碰撞出了火花，而这火花吸引着我，结结实实地吸引着我想走进他们的国家、走进他们的文化，亲眼看看。你瞧，坐在我对面的一个巴西男孩，英文中夹杂着想尽可能捋平的小舌音，一边说一边摆动身体，像极了球场上带球的假动作。还有我右边的法国人，说英文也像机关枪一样，每一个音节都会强调，只是放慢了速度，昂着脑袋长篇大论，当大家听得一头雾水时，他总是会轻轻摇摇头说："无所谓。"

　　坐在我左侧的韩国女生平日与我说话较多，但内容极少，说一句话总是需要思考很久，好像对于每一个单词都要斟酌再三，生怕说错，当我表示明白时她就会特别满足，而且她极为爱笑，每当我们完整地对话一句后她就会捂着嘴笑一阵，也许这就是她对自己语言能力提升的自我肯定吧。

她叫安娜，我与她有三件遗憾事。这第一件就是我未曾留下她的真实名字，因为那样的话我现在就可以光明正大、有理有据地写出这位女生叫朴敏珠，又或叫安艺珍一类的，可惜我现在只知道她叫安娜。第二件遗憾事是在一次同学酒吧派对后我向她提出想与她交朋友，当时她又再次捂着嘴笑了起来，本来就眯成缝的眼睛更是变成了两条黑线，紧接着说："不不不，你还是个学生。"在当第三件事发生之前，所有的事情都不是遗憾，但在那之后一切就都是遗憾。

下午的课程分两个时段，有时第一时段没课就可以到处逍遥一会儿，MMLC（多媒体学习中心）就是我的常规去处。在这里可以借阅英文书籍，甚至连英文练习中的磁带也统统一应俱全。但最受大家欢迎的是里面的 10 台可以连接互联网的电脑，虽然款式极旧，速度极慢，并且没有安装任何游戏，但最基本的即时通信聊天软件 MSN 让这里的供需严重失衡，想来这里用电脑一定需要提前预约，想要在热门时段用上一个小时更是需要提前一整天就来这里把自己的名字写在登记册上。

这里有一位管理老师，虽初次见到却并不陌生，年纪 50~60 之间，身高 1 米 78 左右，头发早已秃顶，只留下两侧略微花白的碎发，方脸正中是英国人典型的高鼻梁大鼻头，上面架着一副扁长无框近视镜，镜片后那善良的眼神含着光，一对硕大的耳朵给镜腿提供了稳固的支撑，素格子短袖衬衫，宽硕的体格隐藏着啤酒肚，一切都是如此的普通。他叫麦克，育有两女，两女与我年龄相仿。后来才得知他早已离婚过着独居生活，不过谁又能保证会一辈子比翼双飞直到死亡呢，就算人的形式在，心也早已不在了。人最终还是会回到孤独的，只是旅途中会有各种各样的人出现罢了，有的人陪你一站，有的两站，有的可能七八站，最终还是会下车。麦克前半生的缩影是责任，过度地负责任，当把自己的标准提高到99分的时候，唯独做到100分才会令人满意，98分也会是罪人。真正不负责任的人，只会挑一个风和日丽的下午，独自一走了之，不多一言，永不回头。

他让我的英国生活变得一点也不普通，影响着我的一生。

我在MMLC的主要消遣是浏览校友论坛，毕竟那时MSN还未在中国流行，在各个板块的帖子中可以看到分门别类的各种有趣事件。但有一次，我看到了极不想看到且已经看到的一张图片，那是一张南京大屠杀中一个日本士兵提着一个中国人的人头的照片。黑白的画面震撼着我，从来没想过这段历史会以这样的形式出现在我眼前。我不知为何左右张望着，也许是想寻求诉说，这时麦克刚好从我身后走过，我向他说："嗨，你相信这是真的吗？但它的的确确发生了。"麦克定睛一看，倒吸一口气，说："喔，我的上帝,这太恐怖了,真是难以置信,这是在你的国家吗?是中国吗?"我回以肯定,并大致概述了南京大屠杀的事件。麦克接着说:"我很抱歉这样的事情发生在你的国家,这对你们一定是难以磨灭的历史灾难。如果有更多相关的信息可以再给我看吗?""我会的,一定。"我回答。

从那之后,我们似乎成了朋友,每一次在校园中相遇都会攀谈几句,什么昨晚邻居的猫跑到了他的院子里,又或是自行车需要换新刹车皮了,等等。虽然他仍然是某个班级的老师,同时也是多媒体室的管理员,但我们认识是基于另一个层面,仿佛跨越了师生之情,跨越了文化与国籍,建立了忘年之交。

转眼来到英国已两个月有余,我的生日就快到了。坦白说生日这件事情并提不起我的任何兴趣,它只是一直以来我集合同学朋友大搞特搞聚会的一个托词罢了,因为在这一天,我们才会有足够的勇气。然而在这异国他乡,一无亲二无故,生日不过也罢,免得勾起思乡之念。

12月21日那天,麦克邀请我去他家做客,我欣然前往。按照麦克给的指示,我沿着查敏斯特路直走,路过一个加油站后看到了不远处一个穿着黑色呢绒上衣、黑色宽松牛仔裤的身影,他早已在门外迎接,远远地向我招手,我以招手回之。

"嗨,知行,你好吗?就是这儿了,请进吧。"麦克笑着说。

只见纯白色户门上贴着黄铜色数字 8，麦克口袋中摸出钥匙，那是一把款式极旧的钥匙，长长的钥匙杆，只有末端有向下延长的凹槽锯齿，整体的黄铜早已磨损为黑黄色，恐怕只有在宫廷中少奶奶的首饰盒上才会见到相似的样式。我跟随麦克穿过空间不大的玄关后来到了客厅，软软的地毯让我突然反应到我是否应该立刻退回脱下鞋子，他说没关系，反正也该大扫除了。棕色的皮沙发又大又宽，占据了客厅三分之一的空间，早已褶皱了的皮子看着就很松软舒服。沙发对面是一个现代燃气壁炉，既维持了传统的设计，又减少了添柴生火的烦琐。壁炉台上放着一个老式的摆钟，每个整点就会响起相应时间数的钟声。壁炉一侧是一台不大的电视，另一侧则是一台黑胶唱机，从款式上来看至少比我的年龄还要大很多，旁边是一个唱片柜，柜子里面的唱片一张紧贴一张密密麻麻。麦克好像突然想起了什么，说："啊，我最喜欢的一部分在这呢，跟我来。"我紧随其后，从客厅出来还没有意识到已经进到了厨房，因为是长条形，如果不是两侧的火炉和洗碗池，还有一个很突兀的电饭锅，只会以为是条走廊。后来得知客厅旁边的房间还有一位租客，是一名韩国留学生，此时应该是去上课了未在家。厨房尽头是一扇玻璃门，算是通往后院的后门，从这里出去麦克指着墙角说："哈，欢迎来到我的后花园。"只见不足一平方米的土壤上零星冒着几棵说不上名字的绿植。"哇，这难道是一个迷你菜地吗？"我开着玩笑说。"答对了，这下面种着土豆，还有几根胡萝卜。另外我还把几瓣蒜也埋了进去，让我们拭目以待会发生什么吧。"

"啊，对了，差点忘了。"麦克又好像想起了什么，快步走向冰箱，从里面拿出一个生日蛋糕，然后又折返回客厅取来了一张生日卡片，"生日快乐，知行。蛋糕晚上跟你的室友们一起分享吧。"

我除了谢谢似乎找不出什么词来回答。人与人之间所做的事情，很多时候我们当下并未彻底感知，因为在过程中我们只会把注意力放在做事本身上，然而随着一天天的过去，这些事情在我们的内心被剥去外衣，埋进土壤，用阅历浇灌，直到有一天发芽了，开花了，结果了，眼泪才会随之落下。

人生中几十个生日恐怕到老也未必会记得几个，十七岁的生日就这样被烙在了我的记忆中。那天晚上有室友的生日歌，有寄宿主人的关灯蜡烛，有麦克的生日蛋糕。

8 更衣室里的临时工

　　圣诞节就快到了，乌玛身上的一件红色 T 恤引起了我的注意，"为什么你每天都穿着同一件 T 恤？"我在晚餐时问他。"这是我的工作服，最近太忙了，我都懒得换自己的衣服。圣诞节啊！伙计，每个人至少都需点这个那个的。你要是想找工作也许可以试试，我们真的忙不过来了。而且如果你可以在假期上班还有三倍薪水呢，这可太棒了！"

　　"我去。"我仿佛是回答完才开始做思考，反正课业也不是很多，闲着也是闲着，还能赚点零花钱。

　　"那好，明天我去上班时跟我一起去，我猜他们连面试的工夫都没有。"

　　转头第二天下午下课后，我在约定的地方与乌玛碰面，他骑着一辆山地自行车，黑色工作裤，黑色防风夹克，照旧露出红色 T 恤的衣领，派头像极了一位工作人员。我从小就会羡慕别人这个那个的，尤其当自己还未曾体验过的事物，例如上小学一年级就会羡慕高年级生，心想："哇，什么时候才可以长大。"等自己成为高年级生时，转眼就会想："哇，初中生好成熟，校服好帅，可以放学后不需要立刻回家，还可以在校外逗留分零食社交，什么时候才可以上初中。"待自己上到初中三年级课业繁重时，闷声会想："真羡慕小学低年级生，没有作业，没有考试，没有升学压力，无忧无虑。"所以此时作为学生的我，看着乌玛身着工作服还是有些羡慕的，虽然我们同龄，但他已高于我一个台阶。他缓慢地骑着自行车，左右摇晃着把手艰难地保持着低速平衡，我在一旁迈着大步加快自己的节奏。

米到市中心后，乌玛把自行车随意锁在了一棵"空闲"的树上，这里大部分的树木和栏杆都被锁满了自行车，甚至有的链锁只剩下车架与之锁定，两个轮胎已不翼而飞，有的只剩一个轮胎，看不到车架与另一个轮胎的踪影，想必这些偷车贼只有拆车的工具在手，如果有一把虎钳的话倒是可以将锁剪断，骑着走还可省去搬运的工夫。一边猜测怀疑着一边走进了一座大楼，门头上写着 T.K.MAXX。这里是一家百货公司，从入口进来，面前的几排货架上摆满了各式家居用品、锅碗瓢盆、工艺摆件、床品等，右侧则是一排排的衣服架，上面挂满了各种款式各种尺寸的男士女士的衣物，因为数量极多，有些衣物甚至被挤到了地上；人们则穿梭在衣架之间的过道内，如果有人试图从衣架上取下一件，有时尝试两三次都摘取不下来，大部分时候会知难而退。衣服之间紧密到像是涂了胶，很难拉扯出来，即便被拽了出来，那密实的程度却很难再挂回原位，因此各种款式和尺码的衣服被随意地安插在了各个衣架上。我同乌玛一起走进了写着"仅限工作人员"的房间，里面摆着一张长方形桌，只有一人摆弄着手机，面前放着一些文件。

"嗨，凯蒂，刚好你在，这是我的室友，知行。那日听你说我们缺人手，所以就把他带来试试。"乌玛说。

"喔，你好啊，知行。是的，我们的确是有点忙，需要一位帮手，你还是学生是吗？"这位显然是经理的凯蒂对我说。

"你好，凯蒂。是的，我是学生。"

"好，那你知道你的签证一周只可以工作20小时吗？"

"这个我不是很清楚，不过我想20小时也足够了，毕竟还有课要上。"

"那没问题了，你今天如果没事的话就可以开始上班了，回头下班找我填一个表格就好。"凯蒂用简练的语言对我说。

似乎紧张的情绪还没有来得及输送到全身，却已被录用的放松替代了。人生中的第一份工作实属来得太快，而且毫无磕绊，像是顺水推舟般容易，而我此时的感觉更像是坐在舟里的人，水流、风速、方向早已被预先设定好，我只需坐定便自会到达。

长桌旁边的拐角处有一排铁皮柜，这里是工作人员更衣存放个人用品的区域，我换上刚刚领到的红色 T 恤工作服，把自己的外套挂在了其中一个空着的铁皮柜里，准备上岗。

　　不出所料，经理带着我直奔服装区域，不用说，我已猜到了我的工作内容。这片区域的工作分为三个部分，第一种是负责衣物的运输，比如说货架上的衣物不足时，就需要一位工作人员从库房推出更多的来挂在衣架上，当试衣间被试完遗留的衣物积累到足够多时，也需要这位工作人员把衣架推出来并归位所有的衣服。第二种是负责衣架整理，也就是我的工作，男士的衣物需集中在一侧，女士的则在另一侧，每一排衣架上应该集中某一款式衣服，按尺寸从大到小依次排列。看到这杂乱无章的一排排衣架我着实有些不知从哪里入手，顿时发起愁来。第三种是我们最向往的岗位，不知他人是否同感，负责更衣室的工作人员是唯一需要与顾客交流的，因此自然带有一个光环，站在更衣室接待台后面的人总是一副处事不惊的神情，当顾客手里拿着想要试穿的衣服，放在台子上，会说："我可以试穿这些吗？""当然可以。"于是工作人员只需清点一下件数，拿出一张写有相同数字的塑料牌递给顾客，以便防止归还的时候发生偷盗事件，并且说："您这边请。"便万事大吉。当顾客试穿完出来后还可以聊上两句，"怎么样，有喜欢的吗？""哦，那太可惜了。""哇，这件太适合你了。"一边说一边清点一下件数是否与塑料数字牌相符，随后只需要把顾客不需要的衣物挂上身后的衣架

即可。至于轮换岗位交接班，我从未见过像我们这样的临时工被唤去那里，每日总会由那几个本国人操着流利的本国语来完成聊天的这项工作。羡慕的同时也在担忧着，如果让我去做可以胜任吗？是否会与顾客答非所问？种种这样的问题在我脑中徘徊，并且以各种形式的对话自问自答地演练着，就像是已被委派，只等着上岗一样。

　　整理分类的工作在最初实属不易，首先自己要有一个整体规划，然后再去填上细枝末节，而且为了节省工作量还要保证不做过多地重新排列，尤其一些冬季的呢子大衣外套，想要重新给它们安一处家也需要一些腕力。所以我尽可能地不去移动那些大件，而是把中小件从它们中间移开。有些衣服的尺码却成了一个谜，因为衣架上的尺码标识不知被挤去了哪，又或是被谁拆下来征用到了其他衣架上。有些顾客甚至会拿着某件衣服直奔我而来，"你好，请问你知道这件衣服的价格吗？"这时我才发现比起尺码标识的遗失，价签的丢失更是一个棘手的问题，我也不好妄自猜测，只好把顾客带到收银台去询问，然后继续回到我的岗位。掉落在地上的衣服最是可怜，有些不仅失去了它自己的衣架，还被踩得皱皱巴巴，掉落位置附近也没有与它类似的款式，总之一副被嫌弃的样子。处理这些掉落衣服我花费的时间最多，首先需要找一个衣架，经常在货架之间走个四五圈也找不到一个空衣架，无功而返后就去前台找人帮忙。拿到衣架再绕个四五圈帮它找到同伴，没有同伴的就另起炉灶单独为伍。

圣诞节前后几日可称之为疯狂，这个百货公司的物品原本就不高的定价上又被贴上了一个难以抵御的折扣，在整理物品时常常看到不可思议的价格。每当觉得像是最后几件甩卖时，却又会有一模一样的一批被推出来，因此，乐此不疲的抢购者满载而归和清不完的衣服不断交替上演着。

回到家中，浓郁的圣诞气息迎面扑来，可不是嘛，平安夜，就像是中国的大年三十。客厅中央的圣诞树上挂满了闪烁着的小灯泡，树下堆放着由五颜六色的包装纸包裹着的圣诞礼物，餐桌上红色的四方餐巾整齐地排列着。正当我从餐厅出来，迎面碰上了露西，我连忙后退半步想让出门洞使她可以通过，刚巧尼尔在一旁看到了这一幕，说："喔，亲爱的朋友，你们二位需要接个吻了。"

什么？我虽没有发声，可投给尼尔的眼神足以表示我的惊讶程度。"看看这里，"尼尔手指着门框上粘贴着的一根树枝说，"这是一根槲寄生，按照习俗，在槲寄生下碰面的人是需要接吻的，我没有开玩笑。"露西和我早已不知所措，彼此尴尬地呆站在原地。"哈，不过中国应该没有这样的传统，所以你们二人自由了。"露西终于松了口气，冲我露出了微笑。

回房间的楼梯上我似乎还在失望地回味着，这异国习俗倒也不坏。

9 十一分之一次搬家

一天课后，我缓步走出教学主楼，迎面遇到下课准备返回办公室的麦克，我们照常寒暄起来。无意中谈起了想要搬家的念头。

"那日我的寄宿家庭室友在我睡觉时进了我的房间，想要用我的电脑。"我报以无奈的表情耸了耸肩说。

"这太糟了，毫无礼貌可言。"麦克皱着眉头说，"你需要我与你的寄宿家庭主人沟通一下吗，如果你觉得亲自去欠妥的话。"

"啊，不不不，谢谢你为我挺身而出。我想也许是时候换个居住环境了。"

"如果不嫌弃的话我的半间卧室就归你了。"麦克慷慨地说。

"真的吗？"我在麦克脸上寻找着任何类似迟疑的表情。

"绝对。随时。"麦克无比坚定地回答，无比义无反顾的眼神，既像是朋友的两肋插刀，又出自我的年龄刚好与他两个女儿相仿，像是一位父亲已经准备好了为自己的孩子赴汤蹈火。

我没有理由拒绝，又或者说这即我的期望。

转头我便迈入学校的接待大厅，告知学校我的计划。接待我的总是一位日本人，她的脸蛋漂亮极了，相处同一室时少看一眼都会觉得是一种损失。平日虽总是一身黑色工作套装，却不难看得出她身材苗条紧致。她挺拔的身躯、笔直的双腿让我更是意外大于欣赏，似乎是因为大部分日本女性因为从小的长期跪姿致使她们的双腿膝盖内屈，走路还有内八字的习惯。最为可爱的是她略微不整齐的牙齿，尤其在不经意微笑时更是增添了她独特的个性，我很难想象她一副整齐的牙齿是什么样子，也许那时她就会平凡地消失在人群中了吧。她除了需要每天回答各式各样的学生的生活问题外，最重要的一项工作是保管我们的零用钱。办公区里有一个很大的保险箱，里面按照名字首字母排列着我们的零用钱信封，因为居住时间还不够久，所以银行还未准许为我们学生开户。想必如果所有的短期学生或旅客都去银行开户的话，定会给银行增加许多麻烦。

"嗨，我可以帮到你吗？"她笑着说。

"嗨，我准备搬家了，请麻烦与我的寄宿家庭沟通一下好吗？当然我也会亲自向他们表明我的计划和当面致谢。"

"好啊，没问题。是因为任何居住的问题吗？"

"不不不，完全是我个人的原因。每个人都非常棒，我想我会挂念他们。"事实证明的确是这样。

与之安排妥当后我像是卸下了包袱感到一阵轻松，同时又打开了另一扇门，虽还未踏进，但门内流出的光给人以温暖。

从打工处回到寄宿家庭后，我与二位主人交代了计划，他们纵是非常舍不得我离开，但也深知天下没有不散的筵席。

一周后，我拖着来时的行李箱，朝麦克家走去，除了少了一袋月饼外没多一件东西。箱子的滚轮在路面上哗哗作响，声音大极了，就算偶尔会陷入凹陷的坑洼，或被拦路的石子阻挡，箱身沾满灰，箱底被划伤，但不仅不会使它黯然失色，反而会成为它与众不同的印记，稍作调整后，便又会回到它最初的方向，无论前方是坦途还是坎坷。回头望了望这条已被走过百遍的小马路，像是一条人生分界线，清晰得让人惊叹。毕竟在昨日还日夜伴随，明日却说不定会分隔两岸。

来到麦克的房间，或者说从此时开始即我们二人的房间，硕大尺寸的床比起普通双人床大了不止一圈，比起刚刚搬出的半个阁楼堪称奢华，靠窗一侧细高的斗柜便是唯一一处可以存放小件衣物的空间，最下面三层已为我腾空，而大件或者需要挂起的衬衫类则有一个简易的衣架立在斗柜与电脑桌之间。最后给我的笔记本电脑在窄小的电脑桌上安了家后就算是收拾妥当了。正在此时，一声"哈喽"从门外轻声传来，扭头看到的是一张亚洲面孔，想必他就是另外那位韩国租客。"你好啊，我叫知行，今天刚刚搬来。"我一边说着一边向他走近握手示好。"麦克已经跟我说过了，欢迎你呀，我叫英永，我在大学读酒店管理本科，目前边读边在酒店实习。真的是好累呀。"他一边说一边露出一个苦笑的表情，神态中确切地传达着疲惫的感觉。甚至在我记忆中他从未变换过神情，自始至终都有一双还没睡醒的双眼和慵懒的动作。每当在厨房偶遇或者走廊寒暄时，他都会说："哇，刚刚睡醒，好困呀。""好累呀，现在要去睡觉了。"然后走回自己的房间，除了偶尔会听到使用韩文讲电话的声音，便安静得像消失了一般，想来我还从未见过如此嗜睡之人。

从麦克家步行至学校需要 20~30 分钟，取决于红绿灯等待时间和步行速度，无须转弯，只需沿着查敏斯特路一直走便是。但距离打工处的确需要花费些时间步行，恰逢这时同校一位校友课程结束打算回国，所以想要出售他的二手自行车，车况没得挑剔，50 英镑的价格也合理，我一眼就看中，自此我也是有车之人了。查敏斯特路是伯恩茅斯最为中心的一条街，有着多家味道地道的餐厅。其中一家贩卖炸鱼和薯条，虽然门头简陋，但是标识清晰，因为大玻璃窗上没有任何图画类的修饰，只有"鱼""薯条"

的大字，以至于从很远的地方就可以辨识出。像这样的炸鱼和薯条店在英国应该有成千上万家，味道都出奇地一致，毕竟有限的配料和佐料还有厨师的想象力都无从起到任何化学作用。鳕鱼肉外面裹着面糊油炸，刚出锅时的确外酥里嫩，再配上同出锅的炸薯条，蘸着番茄酱一口咬下去让人不禁发出"嗯"的共鸣音，但随着饱腹感的增加越发觉得油腻。尤其是英国特有的粗薯条，与其叫薯条我更愿意称它为薯桩，虽然可以很大程度上满足味蕾对于碳水化合物的渴求，但是两根下肚之后就会发现由内而外的油渍正在浸入你的内脏。即使是这样，仍然不乏那些大肚腩又或者像我这样不在意食物营养搭配的人一次次地光临。另外还有两家中国超市，它们彼此紧挨着对方却又互不干涉，很难想象这样的生意如何心平气和地做下去。对于我而言，似乎两家店都曾光顾过，或者只曾踏入过其中一家，我无法分辨。因为两家门头出奇地相似，似乎对于在英国做生意的商人们来说门头并不是他们的关注点。然而店内贩卖的东西也出奇地一致，甚至门口窗边摆放新鲜水果的顺序都像是被一致商量后精心安排过。店铺内除了蔬菜区几乎八成的商品都带有香港特色，这并不难分辨，因为外包装上的繁体字以及名称表达方式非常地直观。我最钟爱的商品当属老干妈辣椒酱。一瓶小小的辣椒酱占据了前排货柜最中层的位置，也是视线最难以回避的位置。调味料区最让人头痛，不过不难理解，对于一个 17 岁的男生来说根本无法分辨生抽和老抽的区别。但有一点使我不解甚至不快，寻遍所有隔层都找不到山西陈醋，取而代之的是镇江香醋，作为土生土长的山西人每每都会愤愤不平地瞟一眼，然后再也不会让自己的视线靠近。

10 剽窃与巨额支票

　　我有一个黑色仿皮质的对折钱包，之所以说是仿皮质的，完全是因为其价格做出的单一猜测，经常折叠的位置已经磨损露出内部结构。与其说是一个钱包，倒不如说是一个储物夹，毕竟从功能性上讲，我并没有赋予它太多与钱相关的东西，一来我没有任何储蓄卡或信用卡之类的，二来我也没有大量现金需要时刻带在身上。唯独有一些相片是我珍藏许久的，本来是想选一些认认真真的那种，比如规规矩矩大家坐在一起露出标准的笑容看着镜头，知道这张照片要被珍藏，所以格外注意自己的仪容仪表的那种，可偏偏找不到一张与之类似。取而代之的是几张可以粘贴的卡通大头照，邮票般的尺寸，模糊不清的画面，还未准备好的表情。不经意的瞬间，没有底版无法复制，更显得弥足珍贵。

　　一日，课程结束后，我从学校保险箱中取出 220 英镑放进钱包，这么多数量的现金还是第一次，因此我将整个钱包揣入外套的内袋中，并拉上拉链确保不会意外掉落。这是我给麦克的第一月房租。相比较前寄宿家庭每周 80 英镑的食宿费，现在只需每周 55 英镑，实在是太划算。虽说没有完全独自的空间，但多了一个纯英文聊天的人也没什么可抱怨的。

骑车来到打工处 T.K.MAXX，虽然圣诞节和新年已过，接下来是一段冷清期，但门口几棵树已被很多自行车锁占用了，我只好锁在较远的一棵上面。像往常一样我把外套挂在更衣柜里，办公室空无一人，所以就地换上了红色工作 T 恤。零星客人漫步在货架之间，从步伐可以看出分明就没什么想买，可为什么会在这里闲逛恐怕连他们自己都不知道。经过圣诞节和新年的洗礼，这里的衣物早已没有秩序可言，而是以七零八落的姿态悬挂于衣架上。这时不知出于什么原因，我被更衣室的员工唤去轮班，我茫然地问："你确定吗？我可从没做过，更没有被培训过。""没问题的，简单。我今天要早走一会儿。"从她的语气中判断，这个岗位似乎只要会 6 以内的数学计算便可以高枕无忧。与其说这次岗位的轮换是平行调动，倒不如说是本质的跳跃，因为我已经从纯体力劳动转变为半体力与半脑力劳动，从只需要动手转变为需要配合动嘴，这无名的成就感以绝对的优势压倒了那按小时计算的最低劳动报酬。

就这样，完成了一天的工作。我好像越来越得心应手起来，不仅可以顺利完成 6 以内的数学计算，我还可以与

客人攀谈几句，再配以礼貌的微笑，整个人身上的零件都像刚抹了油一样顺滑通畅。回到更衣室，拿起我的外套时有一丝异常感从我手中滑过，是重量。原本就已经很轻盈的外套像是刚刚失去了那21克的灵魂一样，虽轻犹觉。最终我的视线落在被拉开的内袋拉链上，我已猜到了结果，但已不需要再猜。我甚至无须伸手进去确认空空的口袋，就像面对洗劫一空的房间无须对每个角落一一再次确认，好，这里被洗劫了，下一个房间，没问题，这里也一样，一件没落。只需要站在门口望一眼便知。更衣室依旧空无一人，就像来时。思绪也都蜷缩在大脑某一处的角落躲藏起来，像一个没有线头的毛线球，被几块大石压着，不知该从哪里下手抽丝剥茧，来填补空白的大脑。返程的自行车轮反复转动着一个念头——不可原谅。

那就是自己。

是谁做了这件事从来没有成为我脑中的焦点，因为可以是任何人，任何与我有关或无关的人。此刻如果怪罪别人的确有一万个理由，可自己才是留下可乘之机，不掩其门的那个。

怀着失落的心情回到家里，把一切告知麦克后他打抱不平起来，从人种、文化、肤色、性别，所有角度猜测了个遍，但因为更衣室不会有摄像头所以只能维持于猜测。晚餐后，我独自沉默着，接受着。接受金钱与大头照相片、物质与精神的双重失去。这时麦克递给我一个棕色信封，"这是你的。"我完全摸不着头脑，打开后拿出一张折叠的 A4 纸，上面手写着：收据，今收到知行整月房租 220 英镑。

我无言以对。

"这不是你的错，知行。"麦克正义凛然地说。

"但也不该让你承受。"我反驳。

"你是中国人，我是英国人，就让我尽地主之谊吧。"麦克打趣地说。

没过几日，另一封含有我名字的信封从门上的信件孔吐了进来，这次是贴着邮票从邮局来的。我小心翼翼地沿着信封最靠边处撕开，生怕多一毫就会连带内容一起撕掉，展开一张有些厚度的 A4 纸，没有多少客套，只有显而易见的名字和地址作为抬头，以及明晃晃的金额作为结尾——419 英镑，而这张纸底部的三分之一就是它的支票，只需沿虚线撕下即可。这笔巨款起初让我实在忐忑不安，好像我有充足的理由可以证明这已超出了我所应得的范围，毕竟不到一个月的工作时长，每次也才短短地兼职三四个小时，工作内容既简单又无须日晒雨淋，获得的薪水居然是同期在中国一个全日制上班族的两倍，这简直让我难以置信。至今我仍坚信，一定是哪里出了错。

由于我还没有开设英国银行账户，麦克便带我去了一家私人金融公司，这里无须账户，只需要证明支票抬头的名字是我本人便可，当然手续费是要高出一大截。我把护照递给了工作人员，这名工作人员的体型足足占去了半个

房间，衬衫早已掖不进裤腰内，甚至盘腰的赘肉早已折叠遮挡住了腰带，下巴呈阶梯状与脖子相连一直到胸脯，肥肥的鼻头红扑扑，如果再换一身白色行头，恐怕会被误以为是一个雪人吧。他接过我的护照草草看了一眼就放在了桌子的一角，紧接着在支票背面胡乱写了些什么无从得知，然后从抽屉取出一沓 20 英镑面值的现金数了起来，又零星捏了两张 10 英镑与 5 英镑，最后抄起一把大大小小的硬币摆在了我的面前，想必这是已经扣除手续费的所有。这不知由来的数额，以及这诡异的兑换方式，总给我一种非奸即盗的错觉，于是我连同护照一起——塞进我的口袋后快步离开，唯恐夜长梦多，生了变数。

11 遣返轮滑鞋

不知从哪一日开始，咖啡无声无息地成了我的生活必需品之一。除去常规的吐司、麦片、牛奶，一杯浓浓的咖啡是必不可少的。烧水时的等待，溶解时扑鼻的味道，趁着热乎先呷一口，一系列动作一气呵成已成了习惯。早饭用过之后我照例打开电脑查看留言，是我爸爸的留言，内容是关于即将会有一位邻居家的孩子马上要来这里上学，希望我予以照顾。当即我已明白究竟是哪位，他叫张武，凹陷的脸颊更显得颧骨突出，笑起来嘴会咧得很长，且略有一些地包天，据他自己所说他是个社会人，也就是早早弃学，以与街头小混混打打杀杀为荣。有些意外他居然真的会来，毕竟这个小子名堂不少。老实说，在来到英国之前跟他有过两个月短暂的相处。那时每日无所事事，老同学们都已进入大学进行着正常课业，唯独我只需等待到出国的日子。而张武就是一个陪伴者，一起运动，一起吹牛，当然了，我只有听的份。我作为一个不爱讲话的倾听者，

对他来说简直像是找到了灵魂知己。可没过多久我已对他的话题以及思维方式失去了耐心，虽然我们同龄，但我认为幼儿园的小朋友可能更适合与他交流。

就在收到留言后没几日，一个来自中国的手机号码打响了我的电话："喂，我到啦，这该去哪啊！"对方开门见山地说。

"你到哪里了？"我一边反问，一边脑中自我拼凑出了完整的信息，首先听声音应该是熟人，用中国手机致电的话也许是刚刚从远道而来，而最近可能会来的，那就只能是他了。可他究竟该去哪里呢，我也问着自己。

"周围都是大巴车。这里真冷啊！"张武自言自语。

我试着按照自己来时的状况解答他现在的处境："你附近可以看到黄色出租车吗？其中一辆会带你到你的寄宿家庭。"

"这哪有什么黄色出租车。这里罗望子糖贵吗？我听说很贵，但是我只带了两盒，该多带一些的。"

"如果暂时没看到出租车，那你千万不要走开，就在原地等着。"我坚信学校对于一个未成年人的安排不会出意外。

"啊，看到了，他怎么在那边啊。怎么样，晚上出来吗？一起去酒吧玩儿玩儿啊。"

"今天太晚啦，改日吧。你也有时差要调整。"

"哎，真无聊啊，那就先这样吧。"

电话挂上，我抱臂沉思许久。大部分是对未来这些日子的猜测，以及是否有针对性的解决方法。因为据我所知，他的英语能力几乎为零，这样的情况下所有事情的推进几乎就成了一个个的谜，虽然我极力想保持中立，作为一个旁观者，可似乎这发展轨迹已把我卷入其中。

很快，第二天我在学校遇到了他。"喂，快来帮我翻译一下，这个寄宿家庭的饭太难吃了，而且根本吃不饱啊。对了，今天上课完全听不懂，就快睡着了啊，明天不想来了。"从一连串的抱怨以及从他的举手投足中可以看出，他完全没有要寒暄一下的意思，比如说你还好吗？你看起来还是老样子之类的。不过即使问了，可能也会让他失望，毕竟我不是那种改变自己来适应环境的人。他一边开门见山地说着，一边把我拽到学校办公室前台，按照他的意思我做了翻译，学校答应尽快为他更换。"喂，知行，你居然都能听懂啊，以后你就是我的翻译啦。"

"你也会懂的，我总不可能一直跟着你呀。"我试着给自己留个逃跑的后门。

"不行了，我太困了，我要回家睡觉了。"他故作疲态地说。

"不上课可以吗？那点名签到怎么办？"我感到诧异。

"应该没事吧？不管了，我先走了。"说完他扭头便走。

我好像也并没有什么十足的理由让他继续留下，干脆说了声拜拜。

　　接下来的一段日子果不其然，就像是按照我的生活经历原封不动地对张武复制了一遍，从衣食到住行，时常挂在他嘴边的一句话："我可听不懂啊，跟你一样就好啦。"

　　再一次在校园碰到他时着实让我大跌眼镜，起初发现人群中他比所有人高出一大截，正当想不通是怎么一回事时，他脚下的轮滑鞋已经滑到了我的面前，并且以华丽的360度转身作为收尾，他故作镇定的表情中流露出难以掩饰的得意："怎么样，还行吧？"

　　"你穿着这玩意儿来上学吗？"虽已知道是明知故问，但我却找不出别的什么话题。

　　"怎么，这里不让吗？"他问。

　　"好像并没有吧。"我说。

　　"今天起晚了，来了都已经快下课了，是9点15分上课是吗？昨晚在酒吧打桌球一直打到快关门，那些人根本不是我的对手嘛，一整晚都没有输过。下次我们一起去啊。"他一边用轮滑鞋原地打转一边偷笑着说。

　　提起桌球，我与老同学们也酷爱过一阵子。一个桌球室在一个昏暗的地下室，名字起得也颇具想象力，叫天意桌球室。随处可见脱落的墙皮，脏兮兮的地板，从未清洗过的烟灰缸，被当作痰盂用的垃圾桶。即使是这样，我们也从未被环境影响，三四人一行总是一次又一次地光临。

　　可此时此刻却如何也提不起兴致，"啊，不了，对桌球不是很擅长。"我说。

"好无聊啊，你每天都做些什么啊。对了，今天放学去我家吧，帮我跟房东翻译些事情，他每次跟我叽里呱啦的不知道在说些什么。我要回去睡觉了，养足精神晚上继续，跟昨天那帮人已经约好了。"说完他踩着轮滑鞋迈着八字步走了。

结束了一天的课程，我按照地址来到张武的寄宿家庭。他的房间是花园里的阳光房所改造，独立的一栋木质结构，给予了他巨大的活动空间，我着实有些嫉妒。电视机旁的SkyTV（天空卫星电视）让我不禁问道："你这房间居然还能看这玩意儿？"

"是啊，我自己装的啊。否则太无聊了，只有那几个频道，还都是英文，让我怎么看啊。这玩意儿真不错，还有中文的频道呢。"他眯着眼睛笑着说。

"可是应该很贵吧。"印象中这个卫星电视盒可以接收全世界几百个频道。

"没多少钱吧。反正房东帮我打了电话人家就来安装了，还在屋顶上搞了半天，还跟我说了一通，你不在我也听不懂啊。"他在屋内点了一支烟说，"对了，房东应该在呢，你帮我翻译一下，看他想说什么。"

回到主楼内，走廊中迎面碰到一位英国人，微胖的身材，淡蓝色细格子衬衫，领子笔直，干净的胡须，"嗨，你好，你会讲英文吗？"房东对我说。

"你好，我会。"

"太棒了！你是他的朋友吗？我对他的生活很担心。当然了，这里有足够的食物，他不会挨饿。可是他完全什么都听不懂。他不去学校上课没问题吗？还有他在这里要住多久呢？SkyTV他毫不犹豫地付了一年699英镑，我不太理解他的行为。"房东一连串的问题想必已经憋了很久。

"感谢您的照顾。他不上课多多少少应该是不行的，说实话我也不是很明白他的计划。"我说。

"他的父母是不是很富有？"房东半开玩笑地问。

"我想也许是吧。"我无奈地说。

回到他的房间，我坐在椅背搭满衣服的椅子上，四下打量，桌子上堆满了各式零食，虽然一种都没尝过，但是通过遍地散落着的花花绿绿的包装袋基本可以断定其品类。

"喂喂，房东都跟你说什么了？有没有说我什么？"张武略微紧张地问。

"没什么，就是对你的生活和学习比较担心。话说你每天都不去上课可以吗？"我表示十足地好奇。

"他只是一个房东而已，应该管不着我学习吧？"他笑眯着眼睛张着大嘴，"反正学校和老师没问过我。"

"以后房东再跟我说话我就给你打电话，你在电话里帮我翻译。"他补充道。

再次接到他电话时已时隔些日子，他的语气听起来有些严肃："知行，家里有事我要回去一趟。你现在有多少钱，我需要借一点。"

坦白说，我对借钱这件事从未犹豫延迟过，因为我会立刻拒绝："不行，我的钱都在学校保险柜保存，况且我还有房租要付。"

"行吧，我自己想办法吧。"

后来得知他这一次回国就是因为钱花光了，连回去的机票钱也没有。他的妈妈替他买了机票。回国后他的父亲恨铁不成钢地教育了他一番。在这不久后，他又被送了回来。可我并没有再见过他。首先他没有在校园出现过，其次他并没有打我电话向我有任何求助。

突然有一天他打来最后一通电话："知行，你知不知道哪有摆地摊的地方，我想把家里这些东西都卖了。有好多都还是新的呢。拳击手套，Xbox（游戏机平台），还有好多游戏还没来得及玩。跟你说，有个游戏特别棒，几天我就通关了，最后我的人物装备堪称完美。"

"你要回去了吗？"我问。

"学校说要遣返我，只给我看了封信，我也看不懂，我的同学帮我翻译的，信上说让我三天之内离开。机票我已经买好了。你说我这么多东西是不是摆个摊会卖疯啊，都是好货啊。"他兴奋地说着。

"你只有三天时间，恐怕也来不及了吧。"我对摆摊这件事毫无头绪，只是遣返的结局让我多少有些唏嘘，更讽刺的是连被迫离开的机票还要自掏腰包。

此后再没见过张武，也无他的消息。几乎为零的课堂

出勤率是他被要求离境的根本原因，并且由于触犯校规和法律，学费一律不予退还，我猜他二次带来的钱估计也所剩无几。

　　至于他一屋子的宝贝，游戏机、轮滑鞋之类的究竟何去何从了，我没有打听。也许在某条街道上换了个少年继续沙沙作响地转动着，也许早已被搁置在阁楼某一角落沾满了灰尘，无从得知。

12 浸泡着油污的篮球鞋

　　4 月的伯恩茅斯每日陶醉在徐徐的微风中，由于处在一个岛国的海岸线上，更是被拂得恰如其分。时而逆风向海，阵阵海水味包裹着周身，脚下的自行车仿佛也轻如扁舟，忽而又被那郁郁丛香唤回了地面。就这样两股势力你中有我我中有你，而我只好悠然自得地被揉搓其中。

　　几个月的英文学习也基本告一段落，由于额外多考取了 0.5 分的雅思成绩，使得我可以选择更多的高中院校，剑桥是我的下一个目的地。早上 7 点 30 分出发，乘坐大巴车历经 3 个小时到达伦敦维多利亚车站换乘，再次经过 2 个小时辗转到剑桥市，最后半小时的公交车把我最终送到了未来学校的门口——剑桥学院。面试很顺利，前后只用了不到 5 分钟我就被录取了，松了口气的同时也不再担心会误了返程的大巴车。学校工作人员带我简单参观了一下校园内部，宽敞的走廊被整排的大玻璃窗照得明晃晃，水磨石地板被拖得锃亮，总之处处闪着光。这所学校是一所

公立综合高中学院，除了 95% 的本土高中生外，剩下的 5% 由国际学生、成年在读生以及残疾人组成。偌大的校园包罗万象，科目种类堪比大学，除了常规的数理化还有电影、媒体、摄影、法律、政治等等。我默默地为我的选择心花怒放。

从校园出来，不知从什么时候开始已经下起了雨，地上已有了积水。冒着雨跑到公交车站，期望着吉人自有天相。雨水从发梢不断地滴在脸上，浑身一阵哆嗦让我想起还未吃午饭；转瞬之间，激动的心情便又占据了上风，把饥饿驱逐得烟消云散。

来时的路反转一遍即是返程，回到伯恩茅斯家中已是接近于凌晨。好消息即刻被发往中国，好使得父母与我同庆。稍作洗漱后便倒头要睡，才想起来除今早的两片吐司外还没有进食。也罢，明日再吃也不迟，也不知是打消了的念头勾起了睡眠，还是睡眠压制了念头，无论结果如何，这匆忙的一天踏实地谢幕了。

某日，我的前寄宿家庭女主人佐伊打来电话："嗨，知行，你还好吗？之前听乌玛说你在 T.K.MAXX 的工作做得不错，我这里刚好有一个空缺你感兴趣吗？"

"嗨，佐伊，谢谢还记得我。当然了，那里的工作已经结束了一阵子了，如果有其他合适的机会我愿意试试。"我说。

"那真是太棒了。是一份医院餐厅的工作。你来记一个电话号码吧，等一会儿打给他，他会跟你详细说明的。提前祝你工作顺利啦！"

这突如其来的工作机会让我有些受宠若惊。通过伯恩茅斯医院的招聘人员了解到，我要做的是医院餐厅后厨的清扫工作，而且明日就上岗，左右望望却也没什么别的要事要做，于是便一口答应。

前往伯恩茅斯医院的路程相对较远，且又是头一回前往城市的另一端，于是我早早就出发了。路线早已摸清，口袋里揣着昨晚打印好的谷歌地图，每到一个路口就掏出看看以作确认。一条铺满落叶的林荫大道不知骑了多久，只觉得一会儿上坡需要稍微用力，一会儿又下坡可以稍作歇息。层层巴掌大的落叶早已让柏油路失去了硬度，最上层的绿叶犹可分辨形状，下层已经被雨水浸泡过的棕叶、红叶和黄叶早已混为叶泥，只剩这些星星点点的颜色可以证明它们曾经的存在。路遇慢跑的老者，身着背心短裤，皮肤已晒成古铜色，我与他相视而笑后便擦肩而过。一条牵着长绳的边境牧羊犬，一面上蹦下跳地奔跑，一面四下闻闻嗅嗅，主人跟跟跄跄地紧随其后，彼此错身时冲我无奈一笑，颇像在说："这孩子就是这么淘气。"

行至一个快速路口时我犯了嘀咕，纵横交错的马路通往四面八方，紧连成排的一组红绿灯让我不知道该从哪个转弯。四下望去只有一位银发老者躬身等待着红灯，我犹豫着前行，终于开了口："抱歉，打扰您，请问伯恩茅斯

医院是这条路吗？"

"伯恩茅斯医院吗？是的，顺着这条路直走，你会看到的。"扭头微微抬起一根手指头指向一方。笑着回答我的是一位年近八十岁的老奶奶，身着蓝灰格子长裙、粉色羊绒披肩开衫，身后还拖着一个两轮购物小车。道谢后路灯随之转绿，正当要骑行时她问道："你是英国人吗？"

听到这样的提问着实让我一惊，我笑着立刻作答："不是的，我是中国人。再次感谢。再见。"

到达了目的地，掏出手机看了看时间，几乎花费了整整一个小时，暗自庆幸及早地出行。这里没有高楼大厦，取而代之的是偌大的平层建筑平铺开去。医院内干净整洁，就像是刚刚落成。进到玄关内已让我晕头转向，原以为会有的密密麻麻的科室指示牌不见其踪影，唯一只有头顶上的一个标志"住院部"让我完全失去了判断。没有选择的我只好一边走一边质疑，好容易碰到一位护士便像抓住救命稻草似的问路："不好意思打扰您，请问餐厅在哪里呢？"护士毫不犹豫地指着一条过道说："餐厅从这里直走，穿过一个双开门后右转，经过一个护士台后就看到啦。"护士看着我迷惘的眼神补充道："别担心，你不会错过的。"随后她便又缓慢地重复了一遍路径。我脑中不断重复着方向，按部就班地沿着指示走，来到餐厅内只见二三十张圆桌空空荡荡，也许刚刚才有人用过餐，因此周围的椅子有些还未摆放归位。一位瘦瘦黑黑的英国人不知从哪里蹿了出来："你好，你是知行吗？"他飞快的语速以及他匆匆的步伐瞬间把我带入了他的节奏。"是的，我是。"我迅速回答。

"好，很好，那就跟我来吧。我们时间并不充裕。"他一边说一边带我走向餐厅后方。

进入后厨，像是入了迷宫。一墙之隔的另一面是通透简约的餐厅，而这里两倍于外面的空间里是一排排的器械设备，有的悬空置在头顶，有的藏于腰下的推拉门内，有的连成一排，有的独自而立。

"知行，能来一下这边吗？"他叫我的名字，可我却只闻其声不见其人，绕了几条通道才在一处角落发现他的身影。只见他手持一支喷枪水管冲洗着地面："来，换你了。"交给我喷枪水管后他大步流星地消失在了拐角处。我照着他的方式以画字母 Z 形喷洗着，布满油渍的暗红色正方格子瓷砖丝毫没有任何变化，我脚下的乔丹十八代篮球鞋都已经开始有些打滑。过了一会儿，他手拿一根像拖把一样的大刷子走了过来："全部冲水后，用这个刷子刷一遍，像这样，一定要用力，然后再冲水，明白吗？"他示范给我看。"明白。"我坚定地点头回答。

身体已经开始微微出汗，胳膊和手也已经开始有些发酸，好在脚下已没有那么油滑。不知是我太过于专心还是他脚步过于轻盈，还未转身他已出现在面前："可以了，差不多了，跟我来。"

　　"好，现在仔细听着，因为我马上要离开一阵子，等我回来希望你可以全部都按照我的要求完成，我虽然知道这是第一天，而且也是很辛苦的活计，但是依然希望你可以按照我的要求。"他接着说："现在脚下的所有过道都要像刚才一样清洗一遍。然后来看这里，每一条过道都有这样的污水槽，你需要挪开过滤网，把里面先冲刷干净，注意会有很多油污残渣，一定要用大刷子，然后清洗滤网，清洗干净后复位。你先这样做，我一会儿回来检查。"

　　有一句话叫"站着说话不腰疼"，干这活计的确有些腰疼。我的球鞋又像踩着蜡一样，走一步挪半步。时间早已被我甩到脑后，后背的衣服也已被汗水浸湿。一条过道接着一条，每一条变得更滑，渐渐有种这里从未被清洁过的错觉。横格栅的滤网就像马路边的金属条形井盖，分量也很足，两只手才可以挪开。而里面的残渣也是种类繁多，不过早已分不清是荤是素，有些顺着水流漂浮而下，有些顽固如沉石，好在有手套相助则可以用手助力使油污流走。也不知进行到了哪里，一抬头餐厅经理已经又神不知鬼不觉地出现在了眼前。"嗯，还不错，今天先到这里吧，明天需要再快些，剩下的我来做吧。"他说。

　　突然直起腰身后才感觉困意袭来，久久不能隐去。走出医院时已近黄昏，才发现已经过去4个多小时。虽口渴难耐，但还是决定坚持到回家。

　　当夜晚饭后，顿觉困意浓浓，滚烫的眼睛无法直视亮

光，抬手拭额，啊，原来是发烧了。浑身酸痛，躺在沙发上，像是被钉在了沙发上一样不想动，挣扎了很久才欠起身，随便找了一剂退烧药吃了后挣扎挪上了床，倒头便睡。

次日上午，我用尽浑身力气睁开眼睛，抓起手机打给女主人佐伊，才发现自己已经说不出话来。"抱歉佐伊，我今天没法去上班了，我有些不舒服，恐怕未来几日也去不了。麻烦替我转告经理吧。"我扯着沙哑的嗓子说。

"天呐，知行，你听起来糟糕透了。别担心，让我来转告他，你好好休息。有任何需要打给我。"佐伊斩钉截铁地说。

眼睛得以再次合上，只觉得心跳极快，像是喝醉了酒，嗡嗡作响得脑袋晕乎乎的。

我再次昏睡过去。

13 杯子里的蜘蛛

　　来到剑桥时已是 9 月。经过了一个夏天的假期,再次踏上这片土地犹如重整旗鼓后的卷土重来,身后并无他人,眼前尽是未知,而前方这条路无论是郁郁花香还是荆棘深藏,都要凭着直觉往前蹚。

　　落脚点麦克已经帮我在网上勘察好,我拖着行李按照地址寻了去。整套房子根据二房东的介绍共有 5 位租客,我的房间在一楼,狭长的空间就像是从客厅割出的一条,一端紧挨着厨房,另一端是一扇推拉门直通花园。空荡荡的床上没有一件床品,让我泛起些许困惑,毕竟这种状况从来没有被考虑在内。姑且拿来背包当枕头,外套当被子。由于时差的原因,行动早已不受意志的支配,即便接受了也会像闹脾气似的慢它两拍再执行。时针刚过 8 点,疲惫的身体再无任何招架之力,任那意志如何抵抗,最终还是缴械投降。我很确定一点,身体先于意志睡去了,因为当我无法移动时,那意志就像有着独立的人格还在盘算着未来几天的计划。眼看签证就要到期，这可不是闹着玩的，明日就动身准备。厨房还未来得及看一眼，不知锅碗瓢盆是否齐备。也许还应该再购置一些床品。枕头，得要。被子，也得要。另外开学前去趟学校，熟悉一下路线。零零碎碎的事情像是一个个的肥皂泡，在大脑中冒出来后经过短暂的漂浮后瞬间又消失得无影无踪。

次日去往学校的途中，一棵粗壮的樱桃树引起了我的兴趣。树干需要两人才可合围，虽然没有高耸入云，但密密实实的枝杈上挂满了果实。低头一看才发现这树下的地面早已被无数坠落的果子变成的果泥染成了深红色，就像是有人故意倒了一地的红酒。从地上挑捡起一颗完整的放进嘴里，果汁沿着舌头两侧蔓向喉咙，顿感凉爽清甜。一边走一边品着这些樱桃，吃完的核就扭头吐进草丛中，暗自希望有哪一颗可以继续得以繁衍生息。

从樱桃树背后的一家 Tesco（便利店）随意挑选了些食材便打道回府，只见几个少年不停地踌躇于门口，时不时躁动一下像炸了锅，然后又再次凑成一个小圈商量着什么，兴许是一个极好玩的游戏吧。

返回家中准备午餐，拿出刚刚采购的香肠放入平底锅把油煎出；另一旁煮着意大利通心粉，加以盐和橄榄油，煮熟后把水控干，配上罗勒酱；香肠切段，第一口吃完后便决定晚餐再吃一遍。事实上这样的餐可以一直吃下去，也许是对食物没有太多的苛求，又或许是对事物的一种习惯。既来之则安之，但凡习惯被养成便会享受这种生活节奏，对于自我生活的节奏和轨迹可以精确把控，着实是一件让人既轻松又踏实的事情。

午后的时间留给办为签证做准备，一种愚公移山的感觉从后背袭来，或许灵光之人多多少少有其捷径，远远站在山下便可臆想出一览众山小的感觉，可我却无缘其法，偏偏需要费时费力地从山脚下一步步登上去才能慢慢体悟。无奈中我循规蹈矩地打开英国政府出入境的官方网站，一行一行地找寻相关内容，所需文件的清单被我找到后，这项工程才算正式开始了。其中涉及学校学情、个人住所、家庭人员及财务状况，简直要把我翻个底朝天。第一通打给家里的电话就使我如鲠在喉，介于我仍然没有自己的银行账户，父母的财务状况和银行资料就顺位成了第一选项，可这烦琐的流程与近乎窥视隐私的要求让远在国内的家人措手不及，心生抱怨，于是难逃办事不力的痛骂。

时值傍晚，除去那份需要从中国邮寄来的资料外剩余的几乎都已理清楚，一些电子表格已经填写好，只需要到学校找一台打印机即可。晚餐无须太用力琢磨便可解决，与午餐一样如法炮制后就着煮锅吃，省去了额外洗一个碗的麻烦。正坐在椅子上享受美味时，突如其来的天外访客打破了此刻的宁静。我用余光捕获了落地门窗前地毯上的一个黑色异物，就像白色衬衣上的一粒黑色饭痂，很难一眼识别是什么物体，但很确定它不属于这里。转过头定睛一看，浑身的毛孔顿时收缩了起来，汗毛一根根竖直刚硬，一只像杯口大小的蜘蛛，八条腿条条如火柴梗粗，上面布满了毛，像是密密麻麻的尖刺直插入我的眼睛，穿透我的身体把我固定在原地动弹不得。它一动不动地趴在那，很难想象在这紧闭的门窗前它是如何来到这里的，或许它就从未离开过，睡觉时它就卧在床下，伏案时它就在桌角，对于它来说我才是闯入它生活的那一个。这令人毛骨悚然的家伙不知石化了我多久，我慢慢清醒了过来，脑子里却只有一个大大的问号，该拿它如何是好？这时，门外的脚步声像是一根救命稻草，我即刻打开门，来不及寒暄，直奔主题："嗨，不好意思，是否可以帮我个忙？""可以，什么事？"一身睡衣装束，想必是其中一位租客，棕色短发，英语发音带有东欧口音。我把他引进屋内，指了指那不速之客，本以为会惹来惊呼，却出乎意料地只看到他淡定的神情，轻松一句："哦，OK。"像是在说：什么情况，不就是一只蜘蛛吗？搞得如此神秘，撸起的袖子都可以放下了。只见他转去厨房取了一个玻璃杯，顺手又从厨桌上拿了一份厚厚的满是广告的报纸，走近蜘蛛左手杯子往上一扣，右手报纸从杯底一铲，那黑色金刚就乖乖地待在杯子里，一动不动。"可以帮我打开门吗？"他对我说。我看呆了似的忽略掉他已两手拿着东西，箭步奔去打开通往后花园的推拉门，他蹲在草坪前把杯子打开，那毛茸茸的家伙像是闻到了家的气息，八条手脚并用，虽然分不清哪些是手

哪些是脚，总之无一偷懒，钻进草丛中消失得无影无踪。我的眼前突然明亮如昼，如释重负地向他道谢："真是太感谢了！如果不是你，我恐怕今晚都要通宵达旦地与它对视了。"简短寒暄中得知他是波兰人，在这里工作，楼上还有两个女生都是很安静的人，但我的隔壁却恰恰相反，喜欢晚上边看足球赛边喝啤酒。

夜晚躺在床上，黑色金刚的身影挥之不去，到底从哪里来的呢？又将去哪里呢？会不会已有子嗣在这屋内让它杀个回马枪？之前那个大大的问号原来并没有消失，而是散落成了数个小问号在我脑中久久盘绕。

14 温柔杀手

次日，高中开学第一天。我左思右想该带些什么去学校，毕竟作为一名学生，斜挎的包内空空如也的确不是很合时宜。笔袋中几支不太像样的中性笔，其实只有一支物尽其用，其余只是打着备用的幌子充数罢了。一本还未写过字的笔记本，好记性不如烂笔头，兴许多多少少会记些什么。口袋中揣进我的 MP3 随身听，戴起耳机出门了。湿漉漉的路面还留有清晨下过雨的印证，草坪上的脆嫩也在此时越发地闪光耀眼。远处的一片空旷中有百十只乌鸦不知为何顿时惊慌失措地群起而飞，乌亮的翅膀都还未完全展开就又被草丛中的食物勾回了地面继续埋头寻觅。

校园旁的大型停车场足足让我好奇了一阵子，难不成这里的高中生都是开车来上学吗？密密麻麻的小型车全然不是奔驰、宝马类型的品牌，从外观和尺寸来看倒是很适合日常通勤使用。

按照电子邮件内信息的指示，我来到位于一楼餐厅对

面走廊尽头的一间教室，稀稀拉拉没几个人，定是我来得太早了。随后便挑了一个第二排靠走廊的位置，这样一来不会处在第一排特别突兀的境地，二来又可以方便出入教室。距离会议时间还有 10 分钟，"会议"这词并不是我信手拈来，邮件当中本就这样通知，而我只是引用。不知不觉中这间 50 人左右的教室几乎快填满了。我四下张望，像是在搜索着什么，直到在人群中扫视了很久才恍然大悟以至于心生疑惑，为什么只有我一个中国人？难道走错了教室？又或者是申请错了学校？正当此时，门外进来一位亚洲面孔的男生，图案鲜明的 T 恤衫，宽松肥大的牛仔裤，打扮甚是时髦，走近看耳垂上还扎有一对闪着光的耳钉，发型也颇费工夫，头发染成棕黄色并用发蜡抓成与贝克汉姆类似的莫西干发型。他一脸迷茫地走进教室后，沿着过道在后排找到一个空位坐下。他叫阿峰。坐在我旁边的这位叫里维，身材虽魁梧，搭配上英国人的白色皮肤却不会显得那么彪悍，发音吐字还略有些大舌头，使得说出的英文还别有一番洋气。

最后进来的这位女士就是我们的导师了，同时也是我们的化学老师，叫乌苏拉，年纪在 40 岁朝上，可她矫健的步履，以及字正腔圆洪亮的声音，也许正隐藏着她真实的年龄。简短的寒暄后我才得知，这满屋子的人并不都是我的同学，只是每个星期会由导师聚在一起传达一下学校的事宜。至于到个人，大家有的选修传媒、电影，有的选修绘画、摄影，居然还有选修政治的，难不成"学好数理化，走遍天下都不怕"的真理要被推翻了吗？会议持续了不足半小时，算是大家认识了彼此就结束了。

下午 1 点钟是第一堂数学课，我和里维不约而同地来到餐厅，打算用食物来打发这段空闲时间。"你选了什么课？"里维问完便往嘴里塞进一根薯条。"数学、物理、化学。你呢？"我一边回答一边往我的薯条上撒盐和胡椒。"完全一样啊！伙计。"里维诧异地说，看样子差点就噎到。之后我们咂着咖啡聊起了家常，毕竟我是他第一个来自异国的同学，好奇至极。我也得知他住在离剑桥市不远的一个小镇上，果不其然，他每天开车单程 30 分钟上下学，或者可以坐火车只需要 15 分钟，但是无奈他家离车站相对较远，等公交的时间划不来，干脆开车。看来类似需求的学生大有人在，这也随即解开了停车场的谜团。临近上课时间，我们慢悠悠地朝教室方向挪动，阿峰早已在门外靠墙等待，于是我依着直觉与他用中文攀谈起来。

"吃过午饭了吗？"我问。

"还没有啊，要省钱。"他略显无奈却微笑着说。

这样的回答很难让人继续问下去，问下去无外乎两种结局，要么对方尴尬，要么自己尴尬。刚想表示敬佩，却又觉得哪里不太对劲。

"那晚餐也不吃吗？"

"饿了再说吧。"他说完便哈哈大笑起来。

　　“不介意的话晚餐可以来我家吃，反正一个人做饭也是无聊事一桩。”我表示客气。

　　“好啊，太棒了。”他却一口答应下来。

　　数学课嚼之无味，再配上一位面无表情略显冰冷的俄罗斯老师，她每个单词都说得如此生硬，就像是从西伯利亚冻土里刚刚挖出来的。凝重的课堂像缺了润滑油的齿轮，每转一毫都会咔咔作响。好在四周的课友们一个个都个性非凡，相处起来也十分融洽，着实成为这课堂上最有生气的地方。离老师最近的那位男生叫本，身材修长，连头发都笔直地一直留到后腰，披头散发这个词当之无愧。他每日只穿黑色运动鞋，黑色朋克裤以及黑色巫师长衫，毋庸置疑，是一个摇滚迷。妙就妙在他面色温润如玉，说起话来又低声细语，我脑中久久无法勾画出如果他去演一位温柔杀手，登台演出会是什么样的场景。坐在我对面的是约翰，体型比里维还要大一码，眼窝深陷得甚至可以放下一颗圣女果，也许与他有二分之一的荷兰血统有关。选修课他除了选修数理化还加修了荷兰语。在旁边瘦瘦小小的是奥马尔，但也许并不瘦小，只是参照物太大，英国土生土长的印度裔。在教室尽头落座的是威廉，由于父母从加拿大来英国剑桥市工作，他也随之转来这里读书，课堂上几乎没怎么说过话，永远一副眼镜搭配格子衬衫和棕色条纹裤，像极了一位 IT 从业者。

　　恍恍惚惚的几个小时过后，紧接着就是物理课。一进教室门，就被讲台前圣诞老人似的笑容吸引了过去，满脸雪白的胡须，圆滚滚的脑袋和将军肚，把格子衬衫撑得像一个充满气的皮球。转头扫视整间教室才发现，后排接近一半的空间都堆放着各类物理设备和材料。刚刚数学课上的一行人几乎都辗转到了这里，几乎没有什么生面孔。倒是老师一开口让我对整堂课提起了兴趣，也许是因为与上一堂课对比太过强烈，起伏的声调更显得这位希腊人热情满盈。

15 维他命

回家的沿途才得以有机会与阿峰聊聊彼此的身世。他是香港人，在此之前已经在英国就读了4年初中。他蹩脚的普通话让我时不时有种在看港剧的既视感。

"你刚刚有没有听懂课堂呀？"他问。

"马马虎虎吧。"我说的是实话。

"我完全没有听懂，好困啊。"他一边尴尬地笑，一边挤出一个疲惫的表情。

在此之后，这好像就成为他的常态，永远一副睡不醒的样子。与其说睡不醒，倒不如说是不睡觉，至少是没有按照英国的时区来睡。每到半夜，他就要与在香港的女朋友视频聊天，打情骂俏之后还要玩一会儿电脑游戏来平复心情，一不留神就快清晨了，急急忙忙上床睡觉，用哪怕一小时的闭目时间来掩盖自己的彻夜未眠。

仅凭着厨房里的一天经验，我熟练地重复着相同的步骤，煮面，煎香肠，一餐饭很快就准备妥当。可能是阿峰好久没有吃到现做的食物，因此赞不绝口，从煎香肠飘出的肉香就频繁感叹，更别说咬第一口满嘴流油后的满足感。

饭后我邀请阿峰在门外抽烟，我拿出机场免税店买的长支大卫杜夫递给他一支，按照中国的传统吸烟文化，我拿起打火机先帮他点燃，他用双手护着不太可能被风吹灭的火苗谨以表示感谢，随后我也拿出一支点燃。

阿峰随便找了一个话题，说："你这里离我朋友家很近，好像就在旁边，走路大约 30 秒就到。他跟我们同在一所学校，但是是读本科预科班。"

我在吞云吐雾中纳着闷，才开学第一天怎么就有朋友了，于是问他。

"我跟他初中在同一间寄宿学校，然后一起来了这里。对了，他是台湾人，他普通话讲得比我好，我介绍你们认识。"他说。

"好啊！"我表示赞同。

"这里的烟好贵啊！机场免税店买来的已经被我抽完了。"能看得出阿峰是真的难以承受这个烧钱的癖好，"一包就要 6 英镑，有烟抽就没饭吃，有饭吃就没烟抽，所以现在两天才吃一餐。"

难怪刚刚香肠煮面吃得狼吞虎咽。

不过这个香烟的价格倒是让我吸了口凉气，暗自决定要省着点抽才是。按照汇率换算，英国随便一包普通香烟都超过 100 元人民币，任何人染上这样的癖好，都将会是

一项奢侈的开销。

"时间差不多啦，先不打扰你啦，知行，我好困，要回去睡一觉。感谢你的晚餐！"阿峰说。

"客气，有空再来。"我说。

第二天，当我在走廊中看到目光呆滞的阿峰，经过精心整理的发型和搭配的衣服，我猜他花在打扮自己的时间上一定又超过了睡眠。

"怎么样，休息得还好吗？"我明知故问。

"不怎么样啊，早饭也没有吃，又饿又困。"阿峰耷拉着脸说，"今天下午我朋友约我去打篮球，我们一起去吧，介绍你们认识。你会打篮球吗？"

我盯着自己脚上的篮球鞋结巴地说："还可以吧。"说完，我两手在裤缝两侧张开又捏紧反复几次，试图想要感受一下是否还记得打球的要领。虽然从小就接受过严格的训练，一直从小学到初中都为校队效力，但毕竟已经生疏了些日子，对自己难免失去了些信心。

化学课堂的紧张气氛看得出每个人都如履薄冰，毕竟讲台前的乌苏拉老师是我们昨日已见过面的年级导师，两年后的大学申请推荐信将会是由她执笔，再加上她的语气厚重，声音的洪亮程度像是在剧院，每句话、每个词都可以清晰到达教室的每个角落，以至于坐在任何一个座位都不敢开小差，那嘹亮的声音像长着眼睛，生怕被抓个正着。教室本身就是个化学实验室，两侧墙边是一排排瓶瓶罐罐的化学品，液态的、粉末的，瓶身标注着复杂的化学品名称，有些还贴着一个大大的骷髅头标志，下面写着危险，想必里面一定都是真家伙，不开玩笑。实验室的后方架子上摆放着各类各尺寸的实验器皿和工具。再看面前的实验台上，每个人都配有龙头和水池，嚯，还有天然气阀。课堂内容也着实天差地别，全都以实验进行而不是授课。实验前要做详细计划，预备材料，探究的目的，过程中需要记录准确的程度变化、时间点位，结束后汇总成为报告。实验对象的取材甚至也不拘于一格，比如超市货架上所有鲜榨果汁产品，统统买来，以测量实际产品中真实的维生素 C 含量，结果让所有人大跌眼镜，除了讲台前镇定自若的乌苏拉，因为所有果汁中维生素 C 含量统统都约等于零，无一例外，因此得出结论，原因是维生素 C 非常不稳定，无论是空气氧化还是温度变化都会使其挥发。

午餐时间我们三三两两地来到餐厅，单调的菜品让人提不起胃口，炸薯条再次成为不二选择。蒂姆晃晃悠悠地跟在人群后，他是学校里为数不多的黑人学生。学校里的黑人学生人数与中国学生相当。此外他细长的身材，总是一副说唱歌手的打扮，耳机不离身，因此很难让人不注意到。我们一桌人故意把各自的薯条吃得很慢，从而可以拖延一些时间，毕竟有一个半小时的时间需要打发。

"此时此刻需要一支烟啊，伙计们。"里维伸着懒腰说。

"那就太棒了。"蒂姆附和道。

"正有此意，我带着呢，我们去外面。"我对大家说。

"哦嚯，我跟你们一起去，虽然我不会吸烟。"约翰说。

出了餐厅转弯就是通往户外的双开门，透过门上的玻璃可以看到外面已有男男女女悠闲地吞云吐雾，没错，吸烟区就是那里了。一开门，清凉的空气迎面袭来，嘴里残余薯条的油腻感这时却愈发地明显，迫不及待地想要以烟代之。虽然才刚刚计划着要省着抽，但是这么闲情逸致的场合没有理由让自己成为一个吝啬鬼。大卫杜夫的盒盖掀开，让大家自行取之。

"谢了伙计。"蒂姆取出一支说。

"谢谢。"里维笑着说。

"我可以试一支吗？"约翰一边伸手一边好奇地问。

"当然了，请便。"我把烟盒递向他身前。

"谢啦老兄，这可是第一次啊。"约翰补充道。

随后我依次帮他们点燃，看着他们都已心满意足，我也点燃一支。

"这烟很贵吧？我一周20英镑的零花钱，连饮料都快喝不起了。不过偶尔抽一支还真是滋味儿。"蒂姆一边自嘲一边笑着说。

"是需要把烟吸进去吗，像这样？"约翰一边做着示范一边说，"我想我得多练练。"

"比起25英镑才能买到的东西，这小混账东西真是太棒了。"里维咧着嘴吐着烟说。

"还好我从免税店带了这些，这里的烟怎么这么贵？"我问大家。

"很显然，抽烟会造成很多健康问题，不仅对自己，还有周围的人，甚至是环境，地上的烟头总要有人去清扫。所以高额的税就加在上面，政府拿这些钱来补贴医疗和环境的治理。"里维说。

"听起来有道理，也就是说吸烟的人要为自己的健康付出高额的代价，毕竟是自食其果。"约翰还在练习。

时间差不多了，几个人一身烟味返回了教学楼内。下一堂课是生物，还没等所有人落座，教室内几乎所有男性的目光就被刚刚走进来的一位女生牵着一齐来到了她的座位上。拉丁美洲的古铜色皮肤，深邃的目光，上翘的鼻尖，虽然大家平均都只有十八九岁，但是她丰满的胸部似乎已经超越了成熟的标准，纤细的腰身下紧身的牛仔裤使臀部更显高高地隆起。男孩子们互相交换着眼神，诉说着这魔鬼般的身材压根不属于这间现实的教室，这样的人物应该被印在杂志上，或者制成海报挂在墙上。

整节课都在云里雾里进行着，一半是目光的偏移，另一半是课程本身高深的表达。翻开书本第一页，尽是手指般长度的英文单词，起初一段时间还勾画着陌生的单词，当发现一整页没剩几个未勾画的单词时我放弃了抵抗。好在实验性大于理论性，显微镜下观察几片路上捡的树叶，还有黄瓜片、西红柿片、洋葱段、再或者一人发一个猪心脏，

手术刀从中间一刀劈开，认识一下左右心房，更甚是每两人发一只青蛙，合作解剖，有人惊呼，有人低吟，有人嫌弃，有人已经紧闭双眼，而我就像是厨师在学一道新菜，看着配料表，严格按照步骤，听从指挥，剥去外皮，取出内脏，四肢分离。

16 魔兽世界

　　课后三点半，室外微风徐徐，鼻尖徘徊的腥气被一扫而光，只有手上似乎还残留着黏黏糊糊的东西。我和阿峰按照约定结伴前往球场。到达时早已有人打得热火朝天。

　　"阿平，你们好早啊！"阿峰对着人群说。

　　"我们也才刚到。"其中一位搭了话，想必他就是阿平，个子1.8米以上，戴着一副黑粗框眼镜，脸颊圆鼓鼓的有点婴儿肥，中间一张小小的嘴巴，像极了生气鼓起来的河豚，如此卡通的面相倒给人一种喜感。场上还有杰夫，瘦小的身材，戴着细框眼镜，薄嘴唇，动作花哨，处处耍帅，自恋的家伙。另一位是杰克，奔跑快，弹跳高，身手矫健，身体素质好，右手虽然缺了一根食指，但丝毫不影响他的投篮命中率，后来得知是在越南父亲的家具厂帮忙时，手指意外搅进了机床。

　　"这是知行，我的同学，他做的意面超棒。"阿峰向众人介绍我。

"哈喽。"我们彼此打了招呼,算是认识了。

他们都是台湾人,待我和阿峰加入之时,场上就形成了港台大陆三地的友谊赛。有日子没打球了,手指变得僵硬,反应也慢了。一身汗接着一身汗,到最后无汗可出,转眼已是傍晚。

"晚上来我们家一起吃饭吧。"阿平邀请我,我礼貌性地婉拒,最后还是难以谢绝便应声答应了下来。

果不其然,阿平家与我的住处仅一排楼之隔。进门后昏黄的灯光和浑浊的空气让我有种与世隔绝的感觉,过了许久我的眼睛才适应。地毯上污渍斑斑,像是从未被清扫过,客厅主灯早已丢失了灯罩,灯泡裸露在外,灯下一张大圆桌,周围毫无规律地散落着几把木椅,桌子上面除了一台笔记本电脑外,摆满了各类零食袋和饮料瓶。待我回过神来,才听到厨房里早已起灶。我在厨房门口张望了一阵,本想上前帮忙,但看到忙乱中井然有序地进行着,我知道这里并不需要我。杰夫把淘好的米放在电饭锅里按下了煮饭开关,杰克正要切碎洗好的菜,旁边放着鸡蛋和鸡胸肉。从默契的配合和熟练的操作看来,这早已是他们的据点。不过是什么令我不安呢?从站在厨房门开始是哪里不对劲?啊!是炉台,厚厚的一层陈年油渍里夹杂着早已分不清原形的菜或者肉,日积月累地被中央的炉火烘烤着,既失去了水分,又失去了结构,只剩下平面铺开的有机物渣子。厨房台面上零散地摆着锅碗瓢盆,分不清是已使用还是已清洁。我不禁看了看脚下，厨房门口的地毯早已被进进出出的踩踏浸成黑色，我挪了挪脚，却发现这个范围比我想象中还要大。

"需要帮忙吗？"我朝厨房试探地问。

"没事，你在客厅坐一下就好。"杰克想来是尽待客之道。

回到客厅，我随机搬来一把离我最近的椅子坐下，发现椅腿有些晃动，于是直起了后背正襟危坐，不敢后靠。阿平从进门开始就戴上耳机对着电脑屏幕嘟嘟囔囔，原来是跟远在维也纳的女朋友视频聊天。一边聊一边玩着网络游戏，完全进入了自己的世界。

我突然走了神，想起了班上的"海报女生"，脑袋里竟胡思乱想了起来。男女之情究竟是什么？两人可以在儿时两小无猜，青梅竹马，可以在成熟之际婚姻嫁娶，情到深处了一夜情，这种两性的关系究竟是从何而来，又往何去。思来想去，似乎每一种组合都有缺角，青梅竹马缺了时机，金钱交易缺了感觉，谈婚论嫁缺了偶然。极度的时机是独守空房，极度的感觉是一意孤行，极度的偶然是纵情纵欲。在感觉、时机、偶然下，真爱似乎缺一不可。

"喝饮料吗？有一次性杯子。"阿平忙碌地敲击着键盘说。

"别客气，我自己来。"我被拽回了现实，应了一句。

阿峰不知从哪里找来两个一次性透明塑料杯，从桌子

上随意拿起一大瓶还剩一半的可乐倒了两杯，我接过一杯抿了一口说了声谢谢。对于一年都喝不到一次可乐的我来说，实在不知道这东西有什么好喝的，甜得让人失去味觉，嘴里满是二氧化碳让牙齿统统失去了光滑，舌头不停地去尝试抚平那涩涩的表面，就像猫狗舔着自己的伤口。

百无聊赖的我一遍又一遍扫视着这栋两层的联排别墅，两间卧室一大一小都在楼上，共用一个卫生间。一楼客厅后方还有一个花园，我透过窗户瞄了一眼，外面杂草丛生甚至可以没过膝盖，一点都不夸张。阿平租来一个月650英镑，最大的房间由一个香港女生出300英镑租下，阿平占小房间和客厅出350英镑。比起我自己那300英镑一个月的狭小房间，这里的确拥有着更大的空间。

"好想把客厅租出去，这样还能省一些房租。"阿平若有所思地说。

"多少钱？"我问。

"毕竟是一个客厅，我偶尔还会下来用电脑，朋友们也要来吃饭，150英镑应该差不多吧，这样我自己出200英镑就够了。"阿平盘算着说。

"我考虑一下。"我说。

"真的吗？你能搬来这里就太棒了，以后可以每天一起玩。"阿峰兴奋地说，虽然我不明白他指的是玩什么。

"好啊，你考虑一下。可是这里没有另外一张床了，好在地毯比较软，铺床被子在地上打地铺应该问题不大。"

阿平建议说。

晚饭三道菜，口味比较清淡，不知道是不是台湾居民的饮食习惯，总之五个男生吃完，我差不多三分饱。饭后阿峰自告奋勇地去洗碗，杰夫掏出台湾带来的七星烟，递给我和杰克。

"好臭，你们几个都吸烟，只有我一个人吸你们所有人的二手烟。"阿平苦笑着抱怨。

"你自己也抽不就好了。"杰克打趣道。

"我才不要！臭死了！"阿平皱着眉头笑着说。

等到阿峰从厨房出来，补抽了一支杰夫的七星烟，算是犒劳自己洗碗的辛苦。杰夫和杰克起身准备回家，我也再次感谢了他们的款待，一同出了门。

脑袋里盘算着每月可以节省一半的房租，不由得心生欢喜。卫生条件不算什么，地铺也不算什么，就这么定了。

夜里梦到了生物课堂上的"海报女生"，梦中的自己无限地拉长时间线，缓慢地感受着对方的味道、气息和体温。通过肢体动作的幅度、节奏来感受对方的性格，捕捉着每一个潜意识的细微表情来体味对方的情绪。

17 安娜的遗憾

　　两周后，现在的落脚点转眼成为过渡，好在有足够的流动留学生或者务工者来接替我的住处。二房东现场确认了我并没有造成什么损坏，便把押金和剩下两周的租金交到了我手里。

　　我于是拖着行李箱像串门似的搬了家，仿佛几分钟前才塞满，这时已经又要清空了。进屋时阿平已经在用吸尘器打扫地面，窗帘和通往后花园的窗户也被难得地打开了，整个房屋来了个大换气。

　　我先把阿平多余的两床被子铺在了客厅靠墙的一块地面上，然后在上面铺了我自己的床单，再拿出我的枕头和自己的被子。怀着顾虑的心情试着躺下去，感觉还不错，于是我又试着翻身，左侧躺，右侧躺，不停模拟着睡觉变换着姿势，没有任何不适。

　　心一下放到了肚子里，然后清空行李箱。

　　客厅里另一件家具是一个窄小的写字桌，刚好可以放得下一台笔记本电脑和一摞书。阿平占据了大圆桌，理所应当这个归我所用了，看得出台面上的所有东西几乎都是垃圾，一股脑全部清进了垃圾桶，湿毛巾擦了又擦，一圈一圈的饮料渍、点状的油渍、颗粒状的零食屑才慢慢舍得离开桌面。

自此，留学生活中的第四个住所算是安顿了下来。我与阿平也很快达成两个和尚挑水喝的合租共识。到超市采购除了烟酒都五五分账，做饭和洗碗二人交替进行，每月水电网费三人平摊。差点忘记楼上主卧室里还有一位室友。因为不在同一所学校读书，而且她课后还在一家香港餐厅兼职，所以平时很难遇到。

夜晚，我的笔记本电脑上 MSN 突然亮起一条消息，看到名字用力回想才记起是语言学校的同学安娜。有时候人就是这样，谁也不知道会不会有一天关于某个人连一个字都想不起来，甚至在看到这个人的照片或者名字之前都忘了曾经存在过。

"知行，你还好吗？很抱歉我把你的自行车弄丢了，我现在回到了韩国，我想赔给你，请给我你的地址好吗？"安娜在信息中说。

原来忘记的不只是人，还有我在伯恩茅斯的自行车。暑假回国之前的确是借给了安娜，如果不是她提醒我，早已忘得一干二净。

"我一切都好，现在搬到了剑桥读高中。关于自行车

已经无关紧要。希望你在韩国一切都好，保持联系。"我回复道。虽然不明白为何她要我的地址，我还是详细地写了上去。

一周后，邮递员送来了一封贴着邮票的韩国平信，小心翼翼地打开，里面是一张 50 英镑的纸币。我顿时呆若木鸡，脑中飞快地把关于安娜的点点滴滴的记忆尽量连成线拼成块使其完整，因为在此之前我忽略、轻视了一个人的人性，致使我现在晴天霹雳的不是安娜的补偿，而是我居然一直以来怀着轻浮的心态。定是这样，安娜从来没变，无论是认识的第一天，还是分别的那一天，无论是跨洋还是过海，安娜定会让自己心无亏欠，然后继续抽着自己的细支香烟眯起眼睛傻笑。

躺在地铺上思绪不停地在脑中回绕着，人的一生就像一部舞台剧，一幕谢了另一幕又开始。每一幕由不同场景组成，如一个读书的场景接着一个游戏的场景，随后是一个家庭场景，又或者是独自安身立命的场景。不同场景中也许会有某一个优秀的人作为代表，然而这些人最后却组成了自己人生的回忆线。

派对，就是一个我不是很喜欢的场景之一，人群嘈杂，人们饮酒作乐，新面孔即来即去，即使进行天马行空的交谈最后也都沦为泛泛之交。如果一个人沉迷于这样的场景，恐怕一生连一个人的记忆都难以沉淀下来。

一日晚上，一阵急促的敲门声打破了平静，开门后是杰夫和杰克，二人的头发分明刚做过造型，发尖上还残留着的发泥，衬衫的颜色比起平日更为活泼。

"我们要去喝酒，你们两个去不去？"杰夫说话的语气像是个酒吧老手，略带着挑衅。

"随便啊，倒也好久没喝了。"阿平一边玩着电脑游戏一边心不在焉地说："知行，你要不要一起去？"

"可以，但是我的酒量很差。"虽然内心有些不合群，但还是答应了下来。

杰克打电话叫了出租车，告诉了对方我们的地址以及目的地的地址，不一会儿门前就来了一辆银色丰田轿车，从外观完全看不出是一辆出租车，直到我们四人坐进车内，看到中控台上满是黑漆漆的电子匣子，有负责定位跟踪的，有计价显示金额的，可能还有一个可以用来跟总台保持沟通，很显然上面挂着一个连线的小型对讲机。车内的整洁程度无可挑剔，如果司机说这辆车是今天才出厂的新车，我不会存有半点怀疑。因为是私家车兼职的缘故，车身上并没有"出租车"之类的字号，更加没有全身被喷涂成黄色或者任何醒目的颜色，并且整座城市都没有一台一目了然的出租车。可能是剑桥城太小，人口不够多，出租车公司完全没办法负担整车的成本，在兼职车中抽取佣金倒是一本万利的生意。

夜路畅通无阻，油门没踩几次便到了目的地。杰克侧身从裤子口袋里抓出一把硬币，除了按照数目付清了车费，

按照规矩又额外拿出几枚当作小费。"谢了伙计，祝你们有个美好的夜晚，千万别喝太醉。"司机半开玩笑地说。其实我们大家都懂其中的潜在含义：今朝有酒今朝醉。

　　酒吧位于二楼，楼下是一家炸鸡汉堡店，楼梯窄得可怜。一进酒吧内我便从脚底升起一种不自在的感觉，亟须找一个不被任何人注意到的位置隐藏起来。音响里正在播放罗比·威廉姆斯的《天使》，也许是我个人对他的眼睛有所偏见，因此对他的音乐也有种厌恶之感。吧台上面挂着的大屏液晶电视里正在转播足球比赛，具体两边分别是哪支球队我一概不知，说到底我对于这项运动毫无了解；我是一个 NBA（美国篮球职业联赛）球迷，每周五晚上七点半和周日上午十点半的时间都会观看麦克格雷迪、雷阿伦、文森·卡特的球赛。可这毕竟是在英国，你会发现酒吧内任何一位英国人无论在哪个角落都会被这绿茵场上的奔跑而吸引着。杰夫在吧台点了 JDCoke（杰克丹尼威士忌加可乐），果然是老手。杰克点了龙舌兰，阿平点了一品脱啤酒，轮到我时只是说跟他一样。转头看到杰夫和杰克已经朝桌球桌里塞入一枚一英镑硬币，打起了桌球。阿平和我在吧台坐着慢吞吞地喝着啤酒。

　　"阿平！"一个女生的声音从背后传来。

　　"小兰，你也在这啊。"阿平扭头说，原来是我们主卧的室友，难怪每天见不到人，餐厅打工下班后又跑来这里消遣。

　　"我跟朋友在这里玩啊，介绍你们认识啊。"看得出已经是喝过酒的状态，小兰热情地说："这是笑男，这是克洛伊。"我们彼此打了招呼。

　　笑男是个北京女孩，穿着短裙身材火辣，妆容冷艳，打招呼时面无表情，着实看不出才17岁。相反湖南女孩克洛伊热情洋溢，着装毫无暴露，说起话来总是张着大嘴哈哈大笑。我才知道她们同我一所学校，因为不同的选修课不同的时段，所以未在校园中碰到过。

　　才半杯啤酒下肚，我早已心跳加速，呼吸短促，整张脸已经红到了脖子根。再去看酒吧内的其他人，却没有任何一个人同我类似。叔本华曾说过："人生就像钟摆，摆在痛苦和无聊之中摆。"那我现在就像是一个停摆的钟，既痛苦又无聊。好在其他人也有无聊之时，杰夫和杰克放下球杆朝我们这边走来，"差不多我们要走啦。"杰克朝我们打招呼。

　　此时已接近午夜，下楼出了户外才感受到深秋的寒冷，瞬时我们几个人打起了寒颤，弓起了腰，缩起了脖子。还好路边停着几辆出租车，阿平我们两人乘坐一辆车就此告别。

　　回家后躺在我的地铺上辗转反侧，强烈的心跳声传到地板上又反弹回来，像是在抗议喝酒暖身、助眠都是骗人的伎俩。

18 瑰夏

清晨醒来，感到一丝丝头痛。想来一定是酒精搞得鬼。暗自感叹酒精这种东西有着魔鬼般的特质。喝之前会让人们兴致勃勃，过程中又会使人忘乎所以，待到喝得溃不成军的时候却为时已晚，紧跟着胃里翻江倒海，头重脚轻，像是一只木偶完全被魔鬼俘虏玩弄于股掌之间。最大的魔力在于当这一切烟消云散的时候，人们会再次重蹈覆辙，乐此不疲。

胡思乱想之时觉得口干舌燥，打开咖啡壶的同时先灌了一杯清水下肚，据说早晨这第一杯水会在 21 秒之内进入身体渗透每一个细胞。磨咖啡豆的机器声似乎与头痛的脑电波发生了共振，也许单纯是因为声音太大的缘故，使得头痛加剧。90 度的水先冲洗了滤纸，倒入磨好的咖啡粉，扑鼻的豆香穿过鼻孔直抵后脑勺，看着细细的水流一圈圈浸润着粉末，一种介于石榴和樱桃之间的红色的汤汁一滴滴连成串流入杯中。这样的流程早已成为条件反射，无论是手指的肌肉感受，还是对于时间的把握，几乎不需要计时器就可以把冲泡咖啡这件事做到八九不离十。少了几颗豆的酸度，水温过高了的苦度，都会使这汤汁有细微的变化。不过这当中完全没有好赖之分。就像是人的高矮、动物的毛色，无论是微观还是宏观皆有不同，可完全没有涉及好坏之处。无奈商家建立了种种的游戏规则，故弄玄虚，造化弄人，本是因为供需关系而建立的价格体系，被歪曲事实当作价值体现。就像是一碗面粉可以制作三个馒头满足三个人或者一份面条满足一个人，理所应当一份面条的价格要高于一个馒头，并不意味着这份面条要好于馒头。毕竟馒头的便于携带性是面条无法比肩的。此外商家对于肤浅外表的渲染也是罪大恶极，馒头一定要白、一定要大，才是好馒头。结果馒头也被分成了三六九等，有些馒头被加入添加剂摇身一变又大又白，独立包装出身名门，另一些馒头恐怕就没这么好命，被贬为平民廉价打包出售。假如那碗面粉有生命，此时恐怕已经欲哭无泪了。

趁热嚯了一口我的咖啡，鼻腔环绕着花香，像是置身雨林，口中微酸的果香，让人联想到那清甜诱人的黑红色小咖啡果，虽然并非巴拿马翡翠庄园产的可以参赛的品种，但作为原生地埃塞俄比亚生产的品质，已经足够把我迷倒。没错，就是这个味道——瑰夏。

午后的时间基本会留给健身房。我从未想过成为什么肌肉型男，或者被别人称为那个肌肉发达头脑简单的家伙。

我只是维持每日的基础代谢，顺便消耗一下青少年男生多余的精力，否则满脑子被男女之事占领的感觉并不是一件很享受的事情。我的训练计划无聊至极，首先是 10 分钟的热身，然后上肢、后背、下肢每一个身体部位轮番上阵。每当看到地上散落的哑铃和七扭八歪的杠铃杆，再看看墙上写着的"请器械归位"，不由暗自神伤，这恐怕是人类世界自有健身房以来最难练习的动作。其实无论是什么样的训练方式和技巧，其中一个困难的部分当属坚持。生活中常有人信誓旦旦对天发誓，从今往后的余生要与运动这档子事结为兄弟形影不离，可还没等结拜仪式礼毕，这位兄弟早已被抛之脑后，只留下一句话，来日方长。如果哪一周因为杂事而搁浅了训练，什么腰酸背痛之类的感觉就会毫无征兆地隐隐浮现，就像是肌肉群发出的抗议。待到健身房挥汗如雨一小时之后，便会浑身自在，身轻如燕。而且会食欲大涨，无论把什么口味的食物塞进嘴里都会觉得是人间美味，毫无挑剔。

　　回到家中，打开电脑随机播放我的音乐库。不知哪里的一位科学家做过一项研究——音乐品位与智商的关系。喜欢听古典交响乐的智商排在最顶端，喜欢听毫无旋律可言的 hip hop（嘻哈）的排在末尾，至少这位科学家这么认为。如果按照这样的排序，比起可以信手拈来地说出《哈里路亚》出自亨德尔的《弥赛亚》第 45 乐章的人，那我的智商恐怕不尽如人意，甚至距离及格线恐怕还有一大段距离。节奏感比较强的 R&B 是我的首选，鼓点清晰，低音掷地有声。从我的性格而言这无论如何是个极大的反差，毕竟平日里寡言少语，戴着耳机默不作声时旁人一定会认为我在听钢琴曲爵士乐一类的，未曾想到这些都是假象，随身听里尽是里尔·乔恩、亚瑟小子、50 分之类的人物。不过偶尔我也会切换到怀旧模式，比如张国荣的《春夏秋冬》《我》，就比较应景。我一面听着歌，一面从枕边拿起村上春树的《挪威的森林》翻了起来。这本书实际上已经看过很多遍，可是依旧值得闲暇之时随意翻到某处读个几页。同时，这本书违背了我读书的两条原则：其一，我已经从纸质书切换到了电子书，环保是一方面，最重要的一点是纸质书总会让我联想到枯燥无味的教科书，总有种被迫的感觉，保不准读完还要面临一场严肃残酷的考试。一想到这些就脊背发软，大脑关机，眼皮低垂，困意滚滚。其二，我不读五十年以内的书，我认为没有经过时间洗礼沉淀的书几乎毫无价值。可是《挪威的森林》带来的轻松感是无法比拟的，辞藻无须华丽，事件也无须跌宕起伏。就像一艘没有扬起帆的帆船，在大洋中被孤立着，那是因为它喜欢孤立，从而选择孤立。只需随着暖流的流动而漂浮，而我在这船内也无须掌舵，无风，无浪，只剩下深深的寂静充溢着周围的空气。整片海洋的能量亦汇聚于此，没有目的地，没有方向，托举着，驱使着，向着阳光。

晚上接到麦克打来的电话，其实在拿起电话之前就已

经知道对方是谁。平常除了闹钟以外，手机从来不会响，空像一个电子时钟，不过我完全不介意它只有这一项功能。事实上手机里有太多的功能无法一一细数，好像从来没有使用的必要。

"你还好吗？知行，一切都还习惯？"麦克兴致勃勃地问候。

"非常好。两个人分担厨房的活计感觉好多了！一个月只需要洗十五次碗。每天洗碗简直让人发疯。"我说完松了口长气，像是卸下了十五个大包袱。

"另外你怎么听起来如此的开心？"

"啊哈，这都被你发现了。刚才刚把我两平方米的超迷你花园整理了一番，挖出了几个迷你土豆。但绝对不是因为我的花园小它们才小，绝对不是。它们本来就是babypotato（迷你土豆）的品种。"

"听起来太棒了。不知道数量够不够圣诞节配火鸡吃呢？"

"如果按照我们的饭量的话，不。不过拿来当个点缀绰绰有余啦。说到圣诞节，你有什么计划吗？"

"伯恩茅斯就是我的计划。"我胸有成竹地说。

"太妙了！那我们还是老样子，先在伯恩茅斯落脚，圣诞午餐依旧去普尔我妈妈家。"

"一言为定。晚安。"

"一言为定。晚安。"

19 灯泡礼

　　平安夜一早，我从剑桥火车站出发，45 分钟直达伦敦国王十字火车站十号站台。旁边就是通往霍格沃兹的九又四分之三号站台，墙外露着半个行李推车，想必另一半是在哈利·波特的世界，三三两两的游客在那里拍照留念。接下来在国王十字地铁站转乘前往维多利亚火车站。当扶梯触及地底的时候，周身的墙体突然变成了黑色。仔细看才发现那并不是油漆的黑，而是燃烧过火的焦黑。这时，空荡荡的天花板才引起了我的注意。天花板上明亮的照明灯光不翼而飞，替代它的是裸露着的钢筋骨架和零零散散的简易应急灯。这才想起在 2005 年 7 月 7 日这里发生过恐怖袭击，当时的爆炸造成了 52 人死亡，100 多人受伤。此时置身此地，不由得浑身打了个哆嗦，倒吸一口凉气，迈着沉重的步伐穿过幽暗的通道。到了维多利亚火车站，我在自助取票机上用订票号码取出我的车票，盯着偌大的实时更新的时刻表，等待站台信息的刷新。身旁时不时走过一只歪扭着身子的鸽子，在光滑的大理石地面上悠闲地寻找食物。当空白的站台号码显示数字的瞬间，就像是一把无声的发令枪，只见屏幕前成群等待的人前一秒还漫无目的地四下张望，此时却突然整个人有了目标和方向，坚定地朝着某一处阔步而去。然而没过几分钟，屏幕前就又会再次聚集起人群来，就像是从未离开过。三三两两着装休闲的年轻人一边吃着薯片一边聊着天，或是独自一人手提着公文包大口啃着午餐时间还没来得及吃的三明治，于是鸽子们悠然自得地伸着脖子再次走过来，等待着饱餐一顿。

我在车厢里随意挑了一个靠窗位置坐下，比起嘈杂的站台，车厢内安静得犹如另一个世界。尤其当自动车厢门严丝合缝地被关上之后，静得只能听到自己衣服互相摩擦的声音。没有汽笛的鸣号，也没有口哨的示意，只见站台上的人纷纷向后挪动，这才意识到列车已经缓缓地驶出车站。

没过一会儿，喇叭里传出列车长的广播声，内容无非是欢迎大家乘车，以及播报一下路过站点的名称。可是这位操着浓重伦敦口音且极富韵律感的播报员还是头一回遇到。整段话犹如艾略特波浪，语调先是轻声地慢慢向上滑，在断句同时向下微调后又再一次进入第二浪的上扬，当车厢里所有人正在感叹他惊人的肺活量之时，他又一次停顿之后扬起了第三波。待到播报结束，顿时引起了大家赞叹的笑声，甚至有种想要为他鼓掌的冲动。无论如何，这位列车长在愉快旅途的祝愿中起到了实质性的作用。

窗外的英式古建筑不断地被现代玻璃大厦替代着，片刻就所剩无几。闭目养神的工夫，再睁开眼时连那些摩登建筑都消失殆尽，迎来的是逐渐宽广的田园风景，偶见几座砖房点缀其中。户外乌云密布，我下意识地拉紧了一下领口，温暖的车厢让我昏昏欲睡。

站台外麦克早已等候多时，我们彼此挥手示意已经发现对方。

"嗨，知行！旅途还顺利吗？"

"一点儿也不坏。列车的播报员有趣极了，像是吟诗。"我试图模仿一段可发现很难实现。

"哦，他们又在找乘客的乐子啦。"麦克露出难以掩盖的笑容说："我曾经的同事也经常这么干，换着不同的调调，就想看乘客什么反应。当听到车厢里哄堂大笑的时候这才能安心地开车。"

"差点忘了你曾经也是一名列车司机啊。"

"啊，当然。整整十年啊。可惜视力有所下降，无法通过视力测试就没办法待在列车头里了。虽然都是电子化全自动操作，但是规则就是规则。好在退休金还不错，足够我和佐拉（一只黑猫）啦。"

再次回到熟悉的查敏斯特大街，目光无须适应新的环境，甚至百米开外的景象细节早已在大脑中自我编织完成。与其说眼睛看到，倒不如说大脑已知晓，眼睛只不过是验

证的一道工序。偶尔街旁的一家新店验证不到，才会反馈回大脑，这里有所不同。颇像是现实版的大家来找茬。

10号塞西尔公寓里增添了新成员。佐拉远远地弓着背审视着我，盘算着这位来客是否具有攻击性。听说猫的毛色与性格息息相关。例如橘猫的毛色犹如阳光，因此它的性格温暖黏人；再比如布偶猫拖地的雪白长毛，像极了公主的白纱裙，所以有着既娇羞又高傲的性格。想到这里，我猜黑猫一定是深沉冷峻以及桀骜不驯的，我还是小心为妙。

我缓慢地除去脚上的鞋子，只穿着袜子在公寓内踱步，熟悉的脚感丝毫未变。这时麦克正在拆一封放在厨台上的信件，是圣诞贺卡，翻开折页时麦克眯起眼睛仰天哈哈大笑起来。我走过去想看个究竟，麦克拿出折页里夹着的一张照片向我展示。

"他假装自己是棵圣诞树！"麦克止不住地咧着嘴发出呵呵呵的笑声。

我定睛一看，原来是他的好朋友艾德里安，赤裸着上半身，下身只着一条内裤，浑身缠绕着一串串彩色的迷你霓虹灯泡。节日的气氛瞬时间被这棵会呼吸的"圣诞树"点亮了。麦克迈着自豪的步伐把圣诞卡片立在客厅壁炉上方，这时才发现位居中央的摆钟两旁早就摆满了祝福卡片。只见麦克把艾德里安的卡片摆在最中间的位置，原本在此位的卡片被挪到了卡片列队的最尾端，究竟是谁的被取而代之了已不得而知。

走到厨房通往后院的后门，发现后院中不仅增添了新成员，还增设了新设施。

"这大箱子是垃圾桶吗？"我问。

"啊哈，这是我的新玩具，堆肥垃圾桶。你瞧，香蕉皮、苹果核、胡萝卜根，统统都在里面。对于土壤里各式各样的虫子简直就是自助餐。待它们饱餐之后有机物就降解成肥料了，多亏了它们的勤劳，我的迷你土豆才得以收获。"麦克一边说，一边拿出两瓶 Belle-Vue Kriek（比利芙漫野樱桃），砰砰打开后递给我一瓶。那是他前几日刚从比利时带回来的，一直珍藏在冰箱。

经过麦克这么一番讲解，眼前这个原本笨拙的灰色大物突然显得有了灵气，箱底孔洞的妙用居然成了动物与植物间生生灭灭的机关。

20 小不列颠

　　平安夜的晚餐将会是一只火鸡的替代——烤整鸡。毕竟大家的肚皮有限，找不到任何烤火鸡的必要，因此这个下午一点儿也不会得闲。麦克从冰箱拿出两瓶嘉士伯，伴随着砰砰两声开瓶声，他与我一人一瓶。我倚靠着橱柜呷着啤酒，看着麦克手中的白色整鸡，一会儿被翻过来，一会儿被调过去，肚皮里塞满了各种调味品，其中甚至不乏葱姜蒜这样中国式的作料。看着他娴熟的刀工，不难看出中国的烹饪文化已经深入了他的日常。

　　"啊，对了，今天晚上大女儿纳特莉会来，也许晚餐后。不过没关系，家里有足够的食物。"麦克一边说一边把削好皮的土豆放在煮锅里，然后开火。

　　"这么久了我还从来没有见过她。你们上一次见面是什么时候？"

　　"让我想想。恐怕是上一个圣诞节了吧。在那之后好像只有打电话来着。"

"那小女儿呢？"

"伊丽莎白。很多年没有见过了，也几乎从来没有通过话。离婚后她们的妈妈很快就再婚了，那时候她还小，很快就适应了新的生活。"麦克说完把煮锅里的水倒掉，用一个漏勺碾压着煮熟的土豆，看样子像是在制作土豆泥。

关于子女的事我听着毫无代入感，为人父母又会是什么感觉更是难以产生共鸣，更别说婚姻这档子事了。

"那你们为什么离婚呢？"我让话题继续延续下去。

"这个问题较为困难，恐怕答案也并非像一加一等于二那样明了。她是秘鲁人，对于英国这个国家的一切都是那么憧憬，不管是人还是物。起初一切都好，热情洋溢，颇有西班牙裔的神采奕奕。然后一切都变了。我的意思是，大家都变了。"麦克往土豆泥里加入一些全脂牛奶和一勺黄油后继续碾压。

"那时候我在西网银行工作，有稳定的收入，还买了房子。不知道从什么时候开始这一切好像都变得微不足道，总是想要更多。新的东西不断地被送来，旧的东西不停地被废弃。以至于新的还来不及变旧，更新的就已经叩响了家门。到最后居然都难以分清哪一个更旧一些。"

我似懂非懂地听着，隐约想起叔本华曾说过：更好是好的敌人。我和麦克各自拿起啤酒喝了一大口。余光看到佐拉从我身边经过，通过厨房后门上的猫门钻了出去。想必是这话题不对它的口味。

刚才煮锅里几个有模有样的土豆现在已经分不清彼此，细腻的质地软塌塌地平铺在锅底。不知道是烤箱里的高温把整个厨房都烘得燥热，还是啤酒已经在我全身开始循环，总之感觉脸上阵阵发烫。我和麦克正要移步到客厅，迎面碰上从房间行色匆匆出来的英勇。

　　"嗨！英勇，好久不见，圣诞快乐。要来瓶啤酒吗？"我说。

　　"哈喽！知行，圣诞快乐。可乐就好。我在一家酒店做兼职，今天晚上餐厅会很忙，昨晚就加班来着。我要抓紧再睡一会儿。"说着，他从冰箱里抽出一大桶可乐倒在杯子里，然后返回了房间。

　　麦克走进客厅里接通了圣诞树的电源，一瞬间红红绿绿的霓虹灯泡把整个屋子都映上了节日的气息。相比较照片里的艾德里安，这里多了一些稳重感。圣诞树下整齐地摆着几盒圣诞礼物，每一个都用不同颜色的彩纸包裹着。这时我才想起来背包里有我为麦克早已准备好的节日礼物。我小心翼翼地抽出其中一瓶西班牙丹魄红葡萄酒，整理了一下酒瓶脖子上带有名签的蝴蝶结丝带，然后同其他圣诞礼物并排放在了一起。背包里另外一瓶雪莉酒是为明天所做的准备。

　　时针刚刚到八点，老式的摆钟干脆利落地敲响了八次。窗外近乎空荡的马路，不再闪烁的商店招牌灯，似乎让这夜晚的时光定格不前，就像是周遭一切悄悄被塞进了虫洞，被时间所遗忘，这里的每一秒都可以再次掰成几瓣，因此可以大肆地挥霍。

晚餐是一半鸡胸肉和一只鸡腿。配菜是土豆泥、芜菁、约克夏布丁。最后在配菜上面淋上肉酱汁。

电视里BBC（英国广播电视）频道正在转播我和麦克都翘首以待的《小不列颠》圣诞特别版，马特·卢卡斯和大卫·威廉姆斯再一次以精湛的演绎讽刺了这个包罗万象的国家。吃光的盘子依然端在手中，生怕离开的几秒钟会错过今夜最经典的台词。

耳后似乎响起了一阵短暂的敲门声。

"好像有人敲门。"我有所怀疑地对麦克说。

麦克顺势把手中的餐盘放在地上，大步流星地朝门迈去。

"嘿，爸爸。圣诞快乐。"玄关传来一阵女声。

"嗨，快进来。一切都还好吗？"说着，二人亲吻了彼此的脸颊。"这是知行，你一点也不陌生。"

"你好，很高兴见到你。"

"你好，我也很高兴见到你。爸爸没少跟我提起你。"

纳特莉身材高大，温润的古铜色皮肤如果不是通过日晒美黑机刻意而为之，几乎一眼就可以辨识出是因混血而来的。立体的五官大致还是遗传了麦克的大耳朵高鼻梁，甚至连下巴中缝的凹陷程度也如出一辙。唇下正中间有颗黑痣，也许是遗传了母亲那一头。

　　我没有过多地插话打扰父女二人的交谈，只是在一旁静静地聆听着。从纳特莉近来在伯恩茅斯医院兼职，到经常开车往返于周边城市，车技大涨。麦克则也交换着同样的日常信息，从英文学校代课，到每天骑自行车东走西游。接着二人陷入了一阵沉默，时间不长，恐怕满打满算也就三秒钟。交谈中难免会遇到这样短暂的尴尬时分，双方都在尽可能地搜肠刮肚想想还有什么话题可以打开僵局。而且一定要具备后续拓展性的话题才符合标准，否则一旦开口后没有两个回合又会戛然而止回到起点。我坐在沙发一角似乎可以听到二人大脑转动的声音。

　　"啊，我说忘记了一件什么事。"麦克表现出一直在努力思考，然而终于想起来某件事的样子。他盘腿坐在地毯上，谨慎地掀开古董黑胶唱机的盖子，据麦克讲，这台eBay（易趣网）上淘来的唱机几乎与他同龄。然后从唱片柜里取出一张唱片——《遛我叫做道格的猫》。那是诺尔玛·塔内加1966年的一张专辑。当前奏的口风琴声从喇叭里流淌出来的时候，我似乎屏住了呼吸。如此真实的声音还从未在任何CD机或者MP3里听到过。假如闭上眼睛，甚至会误以为那黑胶唱片里的乐手就在你的面前为你独奏。换句话说，这声音仿佛把我拖回了1966年，让我身临其境，此时连空气都被扰动出声音。

　　就这样，麦克在原地烤着壁炉，我们三人听着音乐有一句没一句地随意聊了些无关痛痒的话题。在这被时间遗忘的时空里似乎我们也遗忘了时间。只有纳特莉看了看表说自己该走了，表示晚上还有另一个派对要参加。

纳特莉戴上了一顶玫红与紫色交织的针织帽，用力踩进了马丁靴，用一种我从没见过的系鞋带手法绑紧了鞋带。二人分别时再次亲吻了彼此的脸颊。

21 圣诞

　　第二天一大早，窗外的阵阵鸟鸣叫醒了我。透过窗户向外望，依然是英国典型的阴阴沉沉的天气，终日不见阳光。麦克的盥洗室也许与那黑胶唱机同龄，面池上两个独立的水龙头，一个负责出热水，另一个负责出冷水。也就是说，其中一个流出的水滚烫，另一个则是十分冰冷。想拥有流动的温水可不简单，首先要双手捧起一些冷水，在没有从手缝中流走之前赶紧去接一些热水。度的掌握也全凭经验，过热和过冷都在一瞬间。

　　我和麦克互道了早安，接下来就是拆礼物的仪式了。其中一个来自麦克，啊哈，一盒 Marks&Spencer（马莎百货）的巧克力混拼。麦克本人可是巧克力的绝对拥护者，正如他自己所说："你可以足够信任我替你保管一百万英镑，但无法信任我保管一盒巧克力。"另一个是来自麦克的妈妈玛丽，一盒阿迪达斯男士沐浴露和洗发水套装。简直实用至极。我妥善地把两件礼物装进背包，另外再次确保那瓶雪莉酒不会与之碰撞，这才安心地拉上拉链。

9点钟还没到，昨日预约好的出租车已经提前到达了。如果没有三倍的计价费以及双倍的小费很难在这样的节日里叫到出租车。路途中街面上出奇地空荡，连红绿灯都像是进入了休假模式，只留下了黄灯不停地闪烁着。

麦克的妈妈玛丽的家位于紧邻伯恩茅斯市的普尔市，车程20分钟上下。玛丽的房子坐落于别墅区，独栋平层。家家户户门前都有块大草坪，从打理的程度可以看出这里每户人家都生活精致。

门开了，迎接我们的正是玛丽。她虽然已有八十余岁高龄，容光焕发的脸上却早已被笑容堆满，褪了色的金发已经泛白。没膝的棉质长裙自然垂下，脚上没有穿鞋，只有肉色的长丝袜。麦克与妈妈亲吻脸颊后我与她握了手，枯瘦的手指虽然早已不再柔软，可暖烘烘的手温着实让我升起了一种被欢迎的感觉。玛丽略微有些直不起身，腿脚对于平层还不算缓慢，可对于上下楼梯却是力不从心，这也是前些年转卖了上下层四卧换了平层两卧的原因。此外，交易后银行账户里还有些结余，算是可以安享晚年。

"咖啡还是茶呢？快来这边壁炉前坐下，在外面肯定冻坏了。"玛丽把我们引进客厅，宽大的布面沙发被壁炉烘得暖洋洋的，身上的寒气顿时无处躲藏，尽数被驱逐到九霄云外。

"知行，你要咖啡还是茶呢？我这儿有哈尼桑尔丝大

吉岭，川宁伯爵。"

"我要咖啡吧。"

"咖啡吧，妈妈。早上还没来得及烧水呢。"

"好主意，我们饭后再喝茶。我现在就先烧上水。一大早我就去 Waitrose（维特罗斯超市）取了火鸡。你想要多少他们会按照你的需求帮你准备，所以服务还算不错。冰箱里的牛奶也不太多了，所以顺带也买了些。烤土豆和培根卷已经在烤箱里了。剩下的胡萝卜和孢子甘蓝只需要微波炉蒸一下便是。你们的咖啡加糖和牛奶吗？"

玛丽听起来一早上可没闲着。

"糖和奶都要。知行什么都不加。也许我才应该是什么都不加的那一个。"说着，麦克朝自己的将军肚做了个鬼脸。

"好。我把糖和牛奶放在桌上，你们就可以自便了。与此同时，让我来检查一下烤箱里的食物。你们休息一下，马上就能吃了。如果我没有搞砸，一切顺利的话。"玛丽露出调皮的笑容。

正当我和麦克在客厅被这暖炉烘得困意洋洋时，厨房里传来"叮"的一声，想必是烤箱已经完成了它的任务。于是我和麦克起身前去厨房看看是否可以做些什么。我从橱柜里数出三把刀叉在圆形餐桌上依序排开。这时我注意到餐桌上的纸质方巾都已被换成了富有节日气氛的温暖的红色。麦克则用红酒开瓶器开了一瓶法国梅洛红葡萄酒，然后将整瓶倒入了壶形醒酒器里。我拿出提前准备好的雪莉酒也摆在餐桌上，以备不时之需。

佐着红酒，可以看得出玛丽胃口大开。不一会儿，脸上就泛起了红晕。玛丽望着已经见底的醒酒器，提议麦克打开雪莉酒续杯。我因不胜酒力，委婉地拒绝了。母子二人缓慢地交谈着老邻居们发生的新故事，八卦着新邻居们的旧故事。时不时端起自己面前的水晶杯抿一口。我转头望了望通往后花园的落地窗外，太阳从阴云中挣扎出了一道空隙，朝着大地洒出一些阳光后又缩了回去。即使如此地短暂，一片祥和之意油然而生。

"前些日子约翰打来一通电话，说他搬家去了利物浦。他的两个儿子安迪和杰克已经从收养所被人领养了。我这两天就去安排探视的事情，我想让两个孩子来我这住两天。"玛丽说。

"上一次有他的消息是什么时候？"

"至少有 10 年了吧。"

"那大卫呢？"

"更别提了。像是从人间蒸发。"

等到二人停顿之时，我问麦克："谁是约翰和大卫呢？"

"约翰是我的二弟，大卫是三弟。很可惜这两个人都不太喜欢与人保持联系。"麦克无奈地笑着叹了口气。

这样微妙的家庭相处方式我一时间不知道该如何接话，心存疑惑却不知道该从何处提出什么样的问题。于是我撇

了撇嘴表示无奈，随后缄口未言。

"回头把领养人信息发给我吧。我作为大伯应该也有探视的权利，我可以带他们出去散散心。至少是由家庭成员陪伴着，也许感觉会好一些。"麦克直起身子略微抬高了一些声调。

"那再好不过了。我这次去就替你咨询一下相关事宜，顺利的话我可以直接把你的名字登记在册。"玛丽端起酒杯喝了一大口。

餐后靠着柔软的沙发，酒意下让困意无限放大，在不知不觉时我竟睡着了。再醒来时，天际尽头的光亮已进入迟暮之年，取而代之的是几盏昏黄的路灯。给人以错觉的睡眠时间仿佛才度过了几秒钟，就像是那个曾经慷慨的虫洞从睡梦中忽然醒来吞噬了一切，然后在我身后无情地关闭，在此之前所有虚度的光阴转瞬之间都被要求归还。面前桌上摆放着两杯红茶，我端起较满的一杯喝了一大口，定了定神，犹觉恍如隔世。

酒精的作用使我在返程的出租车上有些头痛，于是我打开后车窗通风。一股夹杂着霜气的冷风迎面扑来，昏昏沉沉的大脑顿感清爽许多。突然路旁蹿出一只无法分辨的动物，晃了一眼后又陡然消失跑进了树丛中。成犬般大小的身躯，小脑袋，尖尖的嘴，肥大蓬松的尾巴，我试图仅凭一点点模糊的印象拼凑着全貌。

"刚才好像是只狐狸。"我对坐在副驾驶的麦克说。

"非常有可能。在我小时候社区之间经常会有它们的身影蹿来蹿去，现在房子越来越多，想必也同时侵占了它们的生活区域。"

经过短暂的节日寂静，迎接明天的将是变本加厉的喧嚣与嘈杂。明天是节礼日，街道一边会是成群结队疯狂的消费者，另一边是把营销游戏玩弄于股掌之间的商家。不由分说，待到游戏结束时消费者们如获至宝，商家赚得盆满钵满，尽得两全其美，皆大欢喜。

想到这里，我从口袋中摸出一颗玛莎巧克力放入嘴中，把包装纸又重新揉成团塞了回去。巧克力慢慢在嘴里融化，一抹薄荷的清凉从上颚偷溜进了鼻腔。我闭上眼睛，任由窗外的冷风袭面而来。

22 泡菜

回到剑桥时只我孤身一人。阿平此时此刻正在韩国与妈妈和姥姥过圣诞节。当年阿平的爸爸作为一名水手随一艘贸易船停靠在韩国仁川港口时结识了他现在的妈妈，如此说来阿平也算是混血儿了。只不过韩国和中国台湾两地基因太相近，从外表着实很难分辨。

阿平从韩国回来时并没有提前打电话，只是傍晚时听到锁孔里钥匙转动的声音。只见他裹着大衣，进门后从背包里抽出笔记本电脑，随手把背包往地上一扔，急急忙忙坐回到了他的老位置。如果不是看到依然被滞留在门口的硕大的行李箱，我定以为他只是从便利店刚刚回来。

"怎么样，路途还顺利吗？"毕竟该说点什么，我问候道。

"还不错啊。韩国快要冻死了。"阿平把脑袋往大衣里缩了缩，像是没了脖子。

"啊你嘞？"阿平似乎也觉得该问候一下。

"你不在我要每天洗碗。"我说的是事实。

"看来我的存在就是台洗碗机嘛！"阿平吊起一根眉毛，撅着他卡通般的嘴笑着说。

"啊你以为呢？"我笑出了声。

与此同时，阿平目不转睛地盯着电脑屏幕，已经语音视频连线了维也纳的女朋友，并且快速熟练地敲打着键盘操作着网络游戏。

"啊，差点忘记！"阿平突然从椅子上蹦了起来，快步从玄关把行李箱拖了进来，因为地面是地毯，看起来拖着略微有些吃力。阿平从行李箱中拿出两大包用透明胶带五花大绑的重物。虽说是透明胶带，可是由于已经被裹得非常紧密，压根看不出里面是什么东西。

"喂，包裹得这么严实，该不会是贵重物品吧。"

"开什么玩笑。如果是两大包黄金我们岂不是发财了。等一下你看看是什么。"阿平居然卖了个关子。

他从厨房先是拿来几个不锈钢洗菜盆，然后操起剪刀，小心地扎入一侧，就像是做解剖手术，缓慢地一层层剥开。直到划开外层的一刹那，里面的东西一股脑冒出来一览无余。只见红色的汤汁伴随着一股酸味扑鼻而来。

原来是泡菜。

"我外婆圣诞节刚刚自己做的，一定要给我带。我说带两罐尝尝就好，偏要全部打包，怕我吃不到。这下好了，你要陪我每天吃泡菜度日了。"

　　我们两个无奈地报以哈哈的笑声。

　　阿平把两大包泡菜分别装进大小不一的容器里，用保鲜膜封口放进冰箱。小的方便每天食用，大的用来做长期保存。可即使这样，泡菜的威力依然是核武器的级别，完全不亚于广西的螺蛳粉。任何访客进门第一句话便是："你们家怎么一股酸臭味。"我和阿平就会争先恐后地解释："明明是泡菜。这可是刚从韩国坐飞机来的泡菜，要不要尝尝看。"答案通常非常积极，然后紧接着就是赞不绝口的肯定：什么从来没吃过这么好吃的泡菜啦，家庭自制的果然与流水线的不同啦，等等。

　　由此看来，长辈们总是把远行晚辈的行李箱里塞满特产这件事并不只是中国的特色传统。生怕自己的子女或者孙辈远在他乡没吃没喝，或者想家的时候没办法吃到一口家乡的食物。有时候瞥一眼对方的行李箱内部基本就可以猜出对方的籍贯。瞧这个，半箱都是木耳香菇，定是东北的；再看那个，一罐罐的辣椒酱，不是四川就是湖南。殊不知特产这东西在国内各地任何一个角落都可以买得到，甚至全世界。可是长辈们会毅然决然地坚持己见："家里的不一样。"

　　想来的确味道不一样，分量不一样，情感不一样。的确。

23 "吃螃蟹"

我们的新住处仍然在学校的步行范围，甚至距离常去的乐购超市还更近一些。当然也是在中介找到的。想来房价这档子事逃不过"水涨船高"四字，完全不需要有任何科学依据。八成在出租自己房屋前悄悄看看周遭邻居是以何等价位成交，然后作为基础若无其事地再额外增加10%。即便再有巧舌如簧之人讨价还价，最终还是难逃5%的溢价。作为租户，偶尔也是需要自欺欺人的。什么采光更好啦，格局更得体啦，面积利用率更协调啦，贵一点当然是应该的啦种种。

这套新房一个月700英镑。除了中介公司那位膘肥体壮的妇女，爬满皱纹的脸上总是露出一副敲骨吸髓狰狞的笑容，我和阿平对这套新房还颇为满意。一楼客厅铺着较新的木质地板，家具齐全。二楼两间卧室，淡蓝色地毯虽然已经磨损得很明显，可是一看就知道平日会被细心打扫。厨房和卫生间的设施虽算不上现代，可是陶瓷上闪着的亮

光让我着实踏实许多。许久没有见到过这样洁白的盥洗池，我居然伫立在原地仿佛是在欣赏艺术品一般打量了起来，就像是我把这画面当成了一把刷子，看得越久，就可以把脑海中上一栋房屋污渍斑斑的卫生间刷洗干净。依照之前的交换约定，阿平这次占据客厅作为他的房间，而我自然而然地升了级享有了大卧室。另外一间小卧室的主人依然是小兰，自从搬家后仍旧难以见到她的身影。有时甚至有点怀疑究竟屋内是否真的有人住，偶尔听到隔壁传来粤语的讲电话声或者通往卫生间急促的脚步声时才会打消这个念头。

24 圣诞老人的布袋

　　我和阿平共享着同一个屋檐，想不出任何隐瞒的必要。我们二人之间似乎没有什么秘密可言。关于这一点，我与阿平早已建立起了类似于默契的价值观，甚至为此还进行了夸张的玩笑式人性总结。当一个人说自己有很多秘密，八成每一个说出来都不过如此；当一个人说自己有一个秘密，九成意味着他背后还藏有更多不为人知之事；当一个人说他没有秘密，十成的把握这个人本身就是一个谜。

　　正当此时，本以为可以悠闲地度过今天剩下的时间，屋外传来一阵阵鼓点极强的低音炮音乐声，而且这个声音由远及近，直到快冲破房门时才骤然停止。

　　"该不会是塔哈吧。"阿平皱着眉头无奈地说。

　　我还没来得及猜测，一阵急促的敲门声就已经到了。我一边起身去应门，一边回忆到底是什么时候走漏的风声。好像他的确问过我要搬家去哪里。

　　"嘿嘿，你们听到了吗？"如此开门见山讲话的除了

塔哈再无他人。"老兄，这套车载音响整整花了我 500 英镑。简直棒极了是不是？所有的电源布线都是我一个人搞定的！我几乎把整辆车都快拆了，我真是个天才。"

塔哈是我的同班同学。父母是巴基斯坦早期的移民，而他则在英国出生。就像是放久了的香蕉，外表皮肤虽然是棕黑色，可里面却是不折不扣的白种人。每次看到他都难以猜测上一次洗澡是什么时候，一头浓密的黑色短毛自来卷紧紧地贴附着头皮，只要稍加改色就会与泰迪犬毛色差不多，难以区分。身上散发着浓重的香水味，如同刚刚浇下整整一瓶。

塔哈一边说着一边朝屋内走，然后一屁股坐到了沙发上。"还不错嘛！"他左顾右盼了几秒钟嘴里自言自语地嘀咕着。

"你们晚饭打算吃什么？"塔哈问。

"还不是很饿，今天才刚刚搬来，开灶的事情就交给明天吧。"

"今天才搬来？那我还真幸运，没有扑空。我也是碰巧路过这附近，来看看你们是否在做什么有趣的事情。"

我撇了撇嘴，配合着耸了耸肩，表示眼下没有任何安排。这家伙撒谎的技巧并不高明，分明是故意来显摆的，其目的即使用脚趾都猜得透。

"好了，我该走了，不打扰你们二位了。等一下我把音量开到最大，打开窗，你仔细听。"塔哈起身朝门走去。

　　我开着门站在门洞下，倚靠着门框，看着塔哈一脚跨进他的蓝色两厢荣威车内，转动钥匙后，伴随着一声简陋的引擎发动声，滚滚的音浪排山倒海般涌出，低音炮发出的咚咚声顿时震得地面都在颤抖。塔哈抿着嘴极度地忍耐着得意的笑容，虽然两个嘴角都已经咧到了耳根，却硬是没有露出半颗牙齿。我伸出一个大拇指表示完美无缺。他把另一只脚也缩进了车厢内，关上了车门，向我招了招手后便扬长而去。当耳膜不再被冲击时，才听出来原来是 50 Cent 演唱的 *In Da Club*。

25 巧克力酱

第二天一早，窗外的鸟鸣声像是在吵架般此起彼伏。听不出是乌鸦还是喜鹊，还是什么其他鸟类。尖锐的声音忽高忽低，忽快忽慢。我睁开眼，并不密实的窗帘露出了外面的天色，毫不意外，又是一个阴雨天。云层流动得极快，只需盯着看几秒，眼前的阴云就会为你变幻出不同的形状。就这样听不到打雷，看不到闪电，毫无征兆地就会挤出几滴雨来，还未来得及撑开伞时又会消失得无影无踪。

我走进厨房烧水、磨咖啡。声音似乎惊动了睡在客厅充气床垫上的阿平，他翻了个身又接着睡。我一边等待着时间的流逝，一边心里盘算着今日的安排。还没等烧水壶自动断电，我便从底座上取下，过热的水会让咖啡富有燥感，我并不喜欢。冲好咖啡，我用餐刀在一片没有烤过的吐司（不喜欢咬一口掉渣的那种）上厚厚地涂上 Nutella（能多益）巧克力酱。与其说吃吐司面包配酱，在我这里是为了吃酱而配吐司，面包只是一个承载物，也可以是贝果塔可，不过绝对不能是可颂。可颂有着自己独特的特点，酥脆的外皮，松软的内心，经过烘烤的麦香和黄油香浑然天成。如果把巧克力酱涂抹在上面就像是交响乐里加入了低音炮，会极不协调。

我吃完早餐，端着还没喝完的咖啡回到房间。看了看表，时针刚刚指向9点。于是我翻开放在床头的《禅与摩托车维修艺术》。虽然摩托车并不是我的菜，但是肖淘扩这样的旅程还是对了我的口味。中国有句谚语："人挪活，树挪死。"想来我的留学生活也是一次加长版的肖淘扩，目的地只是一个噱头，只是一个承载，而路程中的经历和思考才是主角。如同生活的意义从来就不是类似于靶心样的明确目标，可以通过不断地瞄准持续地练习，最终就会无限地被接近。生活的意义是通过在切换场景的机遇中，一次偶然的尝试、改变时突然领悟的：哦，原来这才是属于我的意义。换句话说，原地踏步除了让我们把地板踏穿，无法带我们去任何地方。反之，踏步之间一旦有了空间，哪怕只有一分一毫，最终这分毫之距就会把我们带往更广阔的心灵圣殿。

看了看时间，差不多了。我把书的一角折了起来，穿好外套，顺便带空咖啡杯下楼。这时候阿平已经起来了。从他凌乱的头发看上去应该还没有做好任何起床的准备，现在坐在电脑前的只是他机器般的躯体，不需要洗漱，不需要进食喝水，而灵魂却一刻也没有和被窝分开过。

　　"早。"

　　"早。"

　　我们互道了早安。

　　比起茶杯清洁，咖啡杯清洁要轻松许多，无须借助清洁剂之类的，只需要清水一冲，用手抹两下就会光亮如新。而茶渍就没这么简单，尤其遇到密度不够的陶瓷釉面，有时候甚至连钢丝球都会被派出场。

　　出门到大街上逛了逛。

　　回到家中阿平仍然坐在他的老位置上，悬在空中的头发已经降落，似乎躯壳与灵魂已经合二为一。

　　"肚子有点饿，午餐吃什么。"这一次换作阿平的躯体出了问题，可是灵魂依旧停留在电脑屏幕里。也许断言合二为一这种事情为时尚早。

　　"披萨吧。"

　　无论什么时候，每当脑海中搜罗不出像样的结果，比萨饼不失为一种最好的选择。无论是意式薄饼还是美式厚饼，只要有马苏里拉芝士打底，上面铺满萨拉米肉片、黑橄榄、口蘑，就会成为心满意足的一餐。

　　午餐还没进行过半，一阵蜻蜓点水似的似有若无的叩门声骤然响起。难道是杰夫或者杰克？不对，他们二人的敲门声总是会坚定有力，甚至会伴随一种带有玩弄感的嬉戏性。更不会是塔哈，毕竟还没等他敲门时，那震耳欲聋的车载音响就会自报家门似的捷足而先登。我加快咀嚼的

　　速度，好在开门后把嘴巴里腾出说话的空间。

　　我打开门，只见瘦弱少年孤身一人站在门前。

26 船锚

　　捏起一块比萨一大口咬下去，芝士依然可以拉丝富有弹性。连带先前担忧的断线风筝也被我一口吞下了肚。如此之快的上门采购无论如何也未曾预料到。一支支的香烟究竟在谁的手里燃烧我不得而知，恐怕从我面前流过的涓涓细流早已在瘦弱少年们的世界里掀起了巨浪。

　　我的周末午后是用来消磨的。就像周日英国街头大门紧锁的店铺，不会为了额外的收入而放弃自己的自由。

　　在与国内的家人通过电话后（常规每周日），我坐在笔记本电脑前随意播放了一部电影。西德尼·吕美特黑白画面的《十二怒汉》虽然已经看过很多遍，但是每一次看时都会让沉睡的细胞被唤醒。同样的事情也会发生在昆丁·塔伦蒂诺的《低俗小说》《落水狗》上。不过令人郁塞滞重的是，也许我的沉睡细胞太过于迟钝和懒散，如同一只晒着太阳打盹的猫，每一次短暂地把眼睛眯开一条缝后又会立刻再次合上，继续舒服地发出呼噜噜的声音。因此无论是电影还是书籍，只能一遍遍地重复才得以领悟。有时恨不得走进一家医院把脑壳切开，装进一台微型计算机之类的东西，只需按一个按钮就可以万事大吉。

正当我沉浸在 8 号陪审员戴维斯进行的无罪分析时，一阵沉闷的敲门声又再次响起。无论是谁，如果让我猜测站在门另一边的人，瘦弱少年绝对排在名单的最后一位。可现实偏偏就像电影《十二怒汉》所揭示的道理一样，常识往往会不攻自破。

一觉醒来，我眯起还没有睡醒的眼睛在时钟上确认是周一无疑后，便按照像说明书般有条不紊的步骤进行早起一系列的准备工作。从刷牙的时长，洗脸的水温，到咖啡豆的克数，冲泡的水量，一切都精确至极。出门前，我把剩下的一整条零四包万宝路香烟一并装进了背包里。

上午是充满可能性的物理和化学实验，下午依旧是冰冷嗜睡的数学习题，一天的课程循规蹈矩。休息的时候我与阿峰、蒂姆、里维和约翰一起吃炸薯条，喝廉价咖啡。

课后 3 点 15 分，我怀揣着忐忑的心情，趁大家还没从自己的座位上起身便仓促地与众人告了别，走出了校园。回家的路口我没有转弯，径直走向了下一个街区。沿着记忆中谷歌地图指示的位置，我来到了一家叫作"船锚"的英式酒吧。走到近处，只见门前矗立着个足有一人高的巨大锈迹斑斑的船锚，向我诠释了酒吧名字的来历。除此之外，墙壁上也绘画着各式风格的船锚图案。如果这间酒吧的拥有者不是一个十足的航海爱好者，很难想象会另有他人。我推门进入，虽然我刻意挑了周一下午的非高峰时段，可是仍然已经有几位老者面前桌上摆放好了啤酒，手中翻看着不知哪日的《泰晤士报》，与其说这几位是先入为主的早到者，倒更像是从未离开过。

我朝着吧台的方向走去。空气里依稀还残存着煎蛋和烤香肠的味道，可弹指之间就被渗透在木质地板里的酒气熏得四下逃窜，像是势单力薄的游击队试图突破百万雄师，顷刻间就灰飞烟灭。我被这酒气军团一路裹挟着一步步走向前。吧台里是一位中年男子，棕黄色短卷发，下颌骨线清晰，T恤已有些泛旧，可恰恰是最舒适的阶段。双臂一边用白色杯布快速擦拭着酒杯，一边显露出在健身房被雕刻过的肌肉线条。肚腩部分完全没有隆起的征兆，这作为一个与酒精相关的工作者也着实令人惊奇。

27 要钱不要命

距离去船锚酒吧多日之后的一个下午, 塔哈打来电话, "老兄, 在干吗呢? "

"呼吸。" 我答道。

"我的上帝, 如果不是你疯了, 那就是我疯了, 总之定然是其中之一。第一次听说'呼吸'居然是一件事。难道我们不是每时每刻都在呼吸吗? "

"维持生命的呼吸与孑然一身专注地呼吸完全两回事。"

"好了老兄, 再说下去我就要窒息了。"

确实, 不解释就弄不懂的事, 有些事无论怎么解释都不会懂。

"我正要去加装一组低音炮, 想让你替我参谋一下。如果你有空, 我现在就可以飞过去接你。"

"好吧, 紧急的事情一件没有, 我想可以跟你走一趟。"

几分钟后, 地震般的音响声由远及近, 像是一列火车的鸣笛，多多少少从某些方面省去了敲门的事。我穿起鞋，披上外套，出了门。塔哈见我出来，调低了音响音量，降下车窗冲着我笑着说："我就知道你会听到。"一路上仿佛置身于一所移动夜店，如埃米纳姆、阿肯，轮番轰炸着我的耳膜，以至于下车后依然久久徘徊着耳鸣声。

这家汽车零配件商店多少有一些速度与激情的即视感。颜色艳丽的卡钳，张牙舞爪极具攻击性的轮毂，更多大大小小形状各异无法识别的零件让我想起小时候的四驱车，变大的也许只是玩具的尺寸，所拥有的人却是一刻也没有长大。

"这套怎么样？"塔哈指着货架对我说。

"看起来还不错，价格也适中，至少旁边有价格更低的和更高的做陪衬。"连我自己都听出了外行的味道。

"好吧，就它了。我可能需要借用一下你的信用卡。"

我迟疑了两秒钟。

紧接着又为我的迟疑感到不安，我居然迟疑了。是什么让我迟疑的呢？虽然有些油嘴滑舌，但每天还是同一间教室的同学。也许是价格适中在作祟，毕竟便宜的谁也不至于向别人开口，贵的开了口也许账户里余额不足。

信用卡被收银员刷得干脆利索，动作一气呵成并且无可挑剔。考虑到那台小小的刷卡机首先需要通过网络发射信号，等到银行接收到之后并把相应的数额从一个账户转移到另一个账户，然后再次传输回信息予以反馈转账成功，这一系列的动作居然毫不迟疑，快到令人发指。

接下来的安装程序也称得上是适中。时间太短有些人会觉得店家太轻浮，一定没有认真对待，以至于进一步产生对不起刚刚花的那些钱的感觉。然而时间太长的话又会使人感到不耐烦，甚至开始担忧是不是发生了什么意料之外的状况。幸好二者皆不是，大约20分钟，塔哈的车钥匙由一身工程师装扮的人递给了他，然后留下一句"全部搞定"后转身离开。

"是时候让野兽出笼了。让我们去感受一下！"塔哈掩不住兴奋地说，"时间还早，顺便我带你去个地方。"

更加浑厚的音响声音向我整个人渗透进来，就像是已迈入成年期，青涩轻扬被成熟稳重所取代，声音已不再从喉咙发出，而是从心。两秒钟后，我顿时失去了欣赏的兴趣。我把旋钮快速向左扭了一整圈，只留下一丝若有若无的音乐作为背景。车窗外黄昏的天色也算适中，东方残留着碧蓝天空的影子，西方的暗夜正在一步步吞噬着夕阳。

"我们这是去哪？"

"到了你就知道了。"

没过一会儿，我们把车停在了路边，塔哈从裤子口袋里随意摸出几枚硬币塞进了停车位计时器里。随后我们走进一家叫作"阿赫默德的茶"的店，奇怪的是进门后居然没有一张桌子或一把椅子。

　　"两位，茶，谢谢。"塔哈一边朝柜台后面的一位印度裔女士举起两根手指，一边朝通往后院的走廊走去。我完全搞不懂这是什么名堂，只好跟着。来到后院，四周没有围墙，甚至没有屋顶，整个是用厚厚的塑料膜布搭建而成的，如果不是面前一张一张的圆茶桌，真像是走进了一个蔬菜大棚。

　　印度裔女士引我们入座，问："要什么味道？"

　　"水蜜桃。"塔哈回答。

　　"好的，马上。"

　　"抽过吗？"塔哈问道。

　　"抽？从没见过。"我好奇地打量着周围人的动作。

　　"这是水烟。抽水烟或许是阿拉伯人的传统，也或许是印度，或者埃及，不管怎么着，在巴基斯坦这东西也很流行。放心，这可不是大麻海洛因一类的东西，不然怎么开在市中心的街头上。"塔哈说完得意地笑着。

　　有半身高的水烟壶颇像一件玻璃艺术品，婀娜的壶身上描绘着优美的线条，点缀着金箔银箔。壶顶燃烧的木炭烘烤着烟丝的同时起着升华壶底水分的作用，我模仿着塔哈，像周围的人那样吞着云吐着雾，呼出的水蒸气般的烟雾升腾而上随后便烟消云散，只在嘴里残留着些许微甜的水蜜桃味。

　　与此同时，只见塔哈足足往小茶壶里加了半壶白砂糖，然后倒入面前的两只玻璃杯。我浅浅抿了一口，除了红茶的颜色还在之外，丝毫尝不到任何关于茶的味道，随后便像干杯饮酒般一饮而尽，来减少味觉被折磨的时间。

"知行，问你个问题。你后背的文身有什么特殊含义吗？"塔哈不知从哪冒出这么一个问题，想必已在脑中盘旋了很久。

"是一种告诫。"我说。

"告诫？等一下。难道一双翅膀不是自由的象征吗？"

"恰恰相反。"

"你搞晕我了。能不能再解释一下？"

"一只小鸟从笼子里飞出来以为获得了自由，没过多久却发现自己在动物园里。从动物园里飞出去之后以为获得了自由，却发现自己在一座水泥森林的城市里。"

"你是说永远没有自由吗？"

"或许对于我们的身体是的，自由无非是从一个牢笼里到另一个更大的牢笼里。"

"知行，你太悲观了吧。这样不会绝望吗？"

"恰恰相反。当你意识到之后将会是乐观的。因为在另一层面，精神上，你是无比自由的，无论你身处何地，你的精神可以渡川，可以踏雪，可以云游。"

"我的上帝，你们中国人思想都这么复杂吗？其实明天我要去做文身，瞧，就在这个肩膀上，只需刺上一句话：要钱不要命。"塔哈说着撸起袖子，指着自己的三角肌。

　　"当然啦，要什么都是你的自由。"

　　那是最后一次见到塔哈。信用卡的事自然也找不到了债主。不知道他现在在哪里发财？

28 泔水

　　某一个星期五，一封电子邮件让整个学校炸开了锅，话题在每个角落无济于事地蔓延着。在我的教室里表现得最淡定的该属尼古拉斯了，他 40 岁上下，满脸的皱纹和密密的白色胡须使得他看起来更老一些，上衣总是格子布衬衫，不是蓝格子就是绿格子，如果冷一些就在衬衫外套一件墨绿色旧毛衣，下身的牛仔裤从来没有换过，新的褶皱覆盖旧的褶皱，新的污渍覆盖旧的污渍，层层叠加后最终却再也看不出任何变化，脚上总穿一双防滑登山鞋，像是时刻准备着跋山涉水。"这对你们大家一定是个大麻烦。简直难以置信！学校怎么可以把全校学生转到另一所学校呢？那所学校是叫长路学院是吗？我听说是在城市的另一端。你们如何应对通勤呢？"尼古拉斯一连串的问题表达着他的同情。

　　"我们这个学院要变成特殊人群学院了。就是听障啊、残疾啊一类的。政府把周边所有这些人聚集在这里，作为

一个特殊学校为他们做培训。所以就要辛苦我们相对正常一点的学生换个地方了。"里维补充道，"知行，你怎么通勤？"

"本来走路 10 分钟，现在完全无计可施。我甚至不知道长路在哪。"我说。

"我的上帝。从这里坐公交车需要两个小时才能到那。"尼古拉斯瞪大了眼睛认真地看着我说。

"你确定？"里维有些惊讶。

"非常确定。我去过。算上等待公车的时间，到达市中心转车的时间，到了长路还要花费 15 分钟走路才能最终到那。"看得出尼古拉斯并没有开玩笑。

"尼古拉斯，你看起来完全不担心。为何？"里维问道。

"我住在船屋上，去哪里上学并没有区别。或许我还可以把船驾驶到更靠近长路的水域停靠。不过现在的停靠点已经很方便了，离公交站牌很近，需要的日常杂货也可以在 5 分钟之内买到，没什么可挑剔的。"

"哇哦，所以你有一艘船，然后住在上面是吗？听起来太酷了。"里维非常感兴趣地说。

"所以康河两岸停靠的那些船只都是船屋？并且其中一艘是你的？"我好奇地问。

"是的。没错。虽然空间小了些，可是应有尽有，而且价格比房子便宜得多。"尼古拉斯自豪地笑着说。

"我是没办法走水路了，可能只剩搬家一条路。"我说。

"我记得你才刚搬到新公寓不久，还没机会造访就成过去式了。"里维感叹道。

"没错，才 3 个月，也就意味着还剩 9 个月的合同缠在身上。"我说。

"你需要喝一杯。今晚怎么样，也许会遇到你的灵魂伴侣。"里维挤着眼睛说。

放学后，我和里维沿途买了些简单食材作为晚餐，另外里维早有预谋般地买了一大瓶伏特加，想必是因为酒吧里酒水太贵，自己要先喝到七分醉。回到家中，我拿出仅有的一点厨房经验款待来客，土豆切丝，最后实际上是土豆条。红烧茄子，除了颜色发黑，中途添过三次油之外姑且还能上桌。除此之外，当一切快要就绪时，发现忘记按下电饭锅开关，于是按下开关开始蒸饭。于是我和里维还有阿平，当然还有两盘菜一起等待了半小时才与晚餐会师。

"这马铃薯怎么没有味道啊，知行。这个茄子是加了多少油啊。"阿平再次挑起一根眉毛笑着说。

"这太美味了！与中国餐馆的外卖大不相同。"里维一边蹩脚地使用着筷子一边说。

"瞧，每一种味道都有人爱。"我对阿平说完自己也分别尝了一口："还不错啊。"

"是还可以啦。"说完阿平也埋头大口吃了起来。

看着里维面前的一大盘饭菜，我开玩笑地说道："里维，一定要全部吃完啊。在中国的文化里，今生吃不完的剩饭

剩菜会在你死后统统汇成泔水让你吃掉。"

"放心吧知行，这太棒了，我还可以吃更多。"只见里维用筷子的手离筷端又近了几厘米，几乎已经插进了饭菜里，不过他还是露出一副满足的神情。

不到 10 分钟，这两样饭菜被我们一扫而光。里维把伏特加倒进一个玻璃杯，大口地喝了起来。"要来点吗？"里维认真地问我。

"不了不了，拿 48 度的伏特加热身恐怕今晚我是出不了这扇门了。"我严肃地审视着我自己的酒量。

与此同时，我回到房间换了一件不怎么有褶皱的衬衫，用发泥把油腻塌陷的头发重新定型后，才让镜子前的自己略显精神。当回到楼下只见这一会儿的工夫，里维的酒瓶里只剩半瓶，然而仍面不改色。阿平已经看得目瞪口呆，没有下酒菜，像是在喝白开水。我从冰箱拿出两瓶嘉士伯啤酒，一瓶递给阿平，一瓶就当作陪，我们就这样一边聊一边等待夜深。里维的酒瓶渐渐见底，额头上从发际线里流出一滴汗，"我想现在可以出发了，渐入佳境。"里维的眼神中若隐若现闪烁着迷离。

上了出租车，报上夜店名称，没有嘘寒问暖的额外客套，司机对路线像是回家般熟悉，径直把我们载到了大门入口。里维付了车费和一些小费，下车后只听到一阵引擎的轰鸣声，出租车就扬长而去了。门口两个黑人彪形大汉直勾勾地盯着我们，二位像极了从电视里刚刚走出来的拳击手泰森，唯一的区别是穿着无懈可击的衣服，白衬衫黑西装，外面套着过膝黑色呢子大衣，双手黑色皮手套，耳朵上别着蓝牙耳机，"请出示证件。"其中一位伸出一只胳膊礼貌地挡住入口，用低沉的语气说道。我拿出了口袋里早已备好的警察局登记册，里维直接出示了驾照，分别证明已满 18 岁后我们二人才顺利进场。

一门之隔判若两个世界，门外明明是空荡清冷的冬季，门内却是人头攒动温热潮湿的温室。坦白说，这里的荷尔蒙气氛具有极强的传染性，用不了几巡酒过后就会心甘情愿地一头扎进舞池成为乌合之众中的一员，享受着集体的狂欢，什么儒雅，什么矜持，统统都可以放弃，甚至在这舞池里这种放弃变成了一种炫耀，如果有谁胆敢高高在上用道德批判，定会毫不夸张地被这强大的集体钉在十字架上活活烧死。

舞池中人与人之间的距离几乎为零，换作是公交车或者别的什么场合，想必人人都是流氓，可在这里却是纯洁的象征，如果有人刻意保持距离，那一定是心里不干净。就这样人挤着人，里维的身影也早已被挤出了我的视线，与此同时，我面前被挤来一位娇小且丰满的女孩。昏暗的灯光看不清究竟是西班牙裔还是中东裔，古铜色的皮肤和深邃的目光也许是被舞池的灯光渲染而产生的幻觉，并且不知为何，我与她没过多久便吻在了一起。大家心知肚明这并不是以时间为横轴可以延伸下去的爱情，甚至也没有

以纵轴为核心，急冷急热忽上忽下欲火焚身的激情，更谈不上两小无猜不分你我的友情，倒更像是湖面上的一叶扁舟，两支船桨总要缓慢地划向某个地方，然而划向哪里并不重要。划累了的船桨离开了水面，靠在船身上任凭飘荡。我与她最后浅浅地拥抱之后各自离开了舞池。我独自走到夜店外点燃了一支烟，一瞬间冰凉的空气吹干了我身上的汗，不一会儿就打起了哆嗦。旁边的炸鸡店依然开着门，我转身走了进去。

　　"需要些什么吗？老板。"柜台后面的一位中年男子客气地朝我说。

　　"不需要，谢谢，只是外面有点冷。"

　　"客气了老板，需要什么尽管跟我说。"

29 轻松荷尔蒙

第二日醒来，时针已经爬到十一点半。嘴巴里干渴得像是含着砂纸，枯涩且粗糙，另一方面则是急不可耐地寻找厕所。在厕所里我在脑中整理着记忆，与炸鸡店老板偶遇，后来返回夜店寻找里维无果，打电话也是关机状态。再次巡视一圈舞池试图寻觅那位异国女生，却发现自己压根不记得对方的模样，就像是在一盘散沙的拼图中搜索需要的那一块，罢了。小便中散发出熏人的啤酒发酵味打断了我的回忆，于是赶紧按下了冲水开关。

我来到厨房，打开水龙头用杯子痛饮了两杯自来水，顿感身体中每个细胞就像沙漠中干瘪的海绵贪婪地吸吮着突降的雨露，生怕错过这一滴就再没有了下一滴。从厨房出来，我便瘫坐在客厅沙发上，整个人如同一杯浑浊的水，只有静下来搁置沉淀才得以清醒。

这时，身旁的手机突然响了起来，这铃声中似乎带着仓促，我拿起来一看是笑男，"知行，怎么办啊，听说新

的学校很远。"虽然我与笑男相见次数不多，并且即便相见也沟通甚少，也许我们都是北方人，因此并没有太多距离感。

"的确，坐公交车单程需要一个半小时。我也在发愁，也许只有搬家一条路了。"我说。

"搬家"这个词似乎像一根锋利的长针直插进坐在电脑前阿平的耳朵里，他猛地回过头来皱着眉心看着我，满脸写着疑惑的问号。

"是啊，我也是这么想，不如咱俩合租吧，这学校里也就剩咱俩可以相依为命了。"笑男展露出她直来直去的性格，从不需要人猜，这让我感到既轻松又自在。

"那就开始行动吧。各自找一些房子，然后再碰头做最后决定。"我对电话里的笑男说。

"好，就这么办。"笑男回答得干脆利落，随后挂断了电话。

我顺势尝试再次拨打里维的电话，依然在关机。

"你要搬家？！"阿平目不转睛地盯着电脑屏幕问道。

"看来是这样，我也是刚刚 1 分钟之前才做的决定。"

"那这个房子怎么办？你不住这里的话我也懒得住了。"

"退租的话会损失掉押金，我来想办法转租出去。"我已然在脑中构建起了计划。

"肚子饿死了，早餐也没吃，今天我们早点去 Teriyaki

吧。"阿平突然话锋一转。

　　这是一家剑桥市中心的日本料理，名曰照烧餐厅，每周六我和阿平会在这里吃上一顿午餐。门外就是划船游览康河的上船点，因此每当进门前都会被撑船的兼职大学生问："划船吗？"然而我们一次也没有说过"Yes"。菜单也只是象征性地浏览一遍，最后点出通常吃的那几道菜。荷叶银鳕鱼、加利福尼亚寿司卷、芥末墨鱼，一人一壶热清酒。阿平的主食通常是鳗鱼饭，而我则是乌冬汤面。

　　"那你要搬去哪里住啊。"问题刚被我问出，分道扬镳的感觉就油然而生。

　　"我也在想。回头问问看杰夫和杰克吧，跟不熟的人住一起总感觉怪怪的。"阿平若有所思地说。

　　"那当初跟我也不熟啊，还不是一起住？"我玩笑地质疑他的自相矛盾。

　　"是哦，跟你也不熟。"阿平说完露出卡通般的笑脸咯咯咯地笑着。

　　然而我们两个早已心知肚明，自打第一次相识，就注定会是好兄弟。

　　喝完陶制茶杯中的最后一口大麦茶，我和阿平照例平分了账单。出门后依旧被问了同一个问题："划船吗？""不了，谢谢。"我们像往常一样一边闲散地回答，一边走向公车站牌。

　　接下来的一整个周末我都坐在电脑前，辗转于各大网

站之间刊登我的租房广告，时不时用中文和英文回答着来自全世界的咨询问题。等待之余我便搜索新学校长路附近的租房信息。

吉人自有天相。

一位来自葡萄牙的咨询者意向强烈，一周后将会与妻子从里斯本来，即将成为剑桥市内一名出租车司机。这对我来说就像是救世主降临。房间内的环境细节我都一一拍照片给对方看，以证明卫生一贯被保持得很好。合同细节也一一向对方提前做了解释，以绝后患，对方也表示可以接受转租以解我之困。我们互相留下了联络方式，约定好了见面时间。

与此同时，阿平也找好了新的住所，一周后会搬去龙星餐馆——一家香港人开的中国外卖店，与杰克做室友。笑男也发来信息说找到一套完美的房子，约好第二天放学后碰面。

纠缠在一起的线团正在慢慢被解开，问题也似乎正在一一被解决。

周一一早，里维照常出现在了课堂上，窃窃私语对我说那天一定是喝了太多酒，致使跟女伴几番云雨后都没能完成最后动作，虽然有些遗憾但依然称得上是美好的一晚。下午放学后，笑男早已在学校走廊等候，浅蓝色紧身牛仔裤裸露着脚踝，凸显着高挑的身材，脚上穿着一双羊毛 UGG 翻毛船鞋，上身裹紧的外套无法隐藏傲人的胸脯，白皙生辉的皮肤从敞开的领子里透出光。后来得知她拥有八分之一的俄罗斯血统。坦白说，笑男的脸庞与身材无疑是被垂涎的那一种，异性的眼光总是会从四面八方投来，可偏偏在我们二人之间形成了一种毫不龌龊的轻松之感。作为"兄弟"，我们两个人可以结伴去宜家把家具扛回来，分工合作把新租房布置妥当；作为"姐妹"，我们两个人可以手挽着胳膊去看午夜电影，酒后各自讲述逝去的青春往事；我们既可以泰然自若地向对方讲述昨晚自己所做的春梦，又可以悠然自得地倾听彼此的性幻想。这种和谐感难能可贵，却也遭受着流言蜚语，可无论怎样，这样的平衡始终没有被动摇。

　　一周后，我的生活像是切换了轨道的列车，渐渐地驶向了另一个方向。新租房位于富人区，与新学校仅一条马路之隔，步行只需 30 秒。房东是南非人，一楼就是他的牙科诊所，我们的公寓位于二楼。全新装修的房子还一天未曾被人住过，我和笑男购置了简单的家具家电。阿平也顺利搬进了龙星餐馆。来自葡萄牙的出租车司机约翰载着满车的举家行李也按时到达，简单交接了屋内情况后留下妻子整理打扫，一个月的房租支票上也签好了他的大名交到了我的手里，之后我们便在社区酒吧随意攀谈了一阵。

30 人生转折

　　未来的某一天一个七岁的小女孩低声对我说："爸，我要告诉你一个秘密，不要告诉任何人。"

　　"那你最好也不要告诉我。"我说。

　　毕竟秘密一旦离开自己，就不再属于自己。就像那被微风吹散的蒲公英，只需轻轻吐出一口气，那秘密就会乘着毛茸伞飘到任意一个地方，落了根，甚至还会发芽，结出更多的秘密。宝宝继续飞呀飞，飞到全世界每一个角落。

　　可偏偏是那躲在心后虚无的秘密造就了站在这里现实的我们。

　　看见的就是真的吗？被掩藏的就是假的吗？

　　也许真的就是假的？假的却是真的？

　　糟糕，我已不分真假。

31 番茄意面

从伦敦驱车返回的路途格外顺利。一来卖家只是急于出手，看到装有现金的信封，有无驾照之事早已抛之脑后。二来英国城市道路狭窄，只需要像鸡宝宝过独木桥般排好队慢慢走就万事大吉了。即使狭路相逢只容一车时也不会出现勇者胜的情况，争个你死我活，反而会像两个穿长袍的谦谦君子你让让我，我让让你，不停地闪烁着远光灯示意对方先行，待对方驶来通过后无一不满脸堆着笑，招着手，以示谢意，恨不得下车鞠一躬。汇入主路也非常程序化，主路车辆仿佛就像拉链一样，每过一辆就会主动减速保持距离，使其汇入一辆，无一例外地遵守着这样的潜规则。

接下来的时间似乎除了等待别无他用。我照例保持着往日一贯的生活节奏，好让自己不要过度焦虑。走进健身房，平时一块块训练有素的肌肉似乎也开了小差，很快就觉得无力，又或者只是自己的心不在焉在作祟。无论如何，在完成全世界最难的动作（器械归位）后，我又再次找回

了自己的状态。

回到家里，喝了乳清蛋白粉，冲了澡，经过热水激打后的身体渐渐放松了下来。烧了水，磨了咖啡豆，打开一盒新的滤纸，一边冲咖啡一边在脑中检索接下来该用哪部影片打发时间。既不能像《闪灵》那样过于引人入胜，把自己吓得半死，又不能像《后窗》那样需要紧跟节奏，一遍遍地烧脑。最后落定在《低俗小说》，虽然有些暴力，但极具轻松感，吃着汉堡，喝着可乐，打斗动作一气呵成。

凌晨两点，蒂姆和我把两大箱货搬进汽车后备厢，盖上盖子又用力按了几次，确保已经关好。车程虽然不远，却不得不谨慎，绕车环视一周，并没有任何可疑之处，另外检查了四个车胎的胎压，这才放心地坐进车里。

凌晨2点半，我缓慢地行驶在路上，尽量轻踩油门，好让引擎的轰鸣声不要那么具有攻击性，车里小声播放着里尔·乔恩的歌，是平时音量的一半。我和蒂姆到达目的地之后在隔壁酒吧打发剩下的时间，凌晨3点整，我们二人把两箱货物搬进了炸鸡店后院。

"让我来清点一下，用不了多久。"炸鸡店老板一边拆箱一边说。

"包裹新鲜至极，没有拆封，还能闻到飞机的味道。"我开玩笑地说。

"98、99、100，很好，完美无缺，现在轮到你了。"说完，炸鸡店老板从夹克内侧掏出一厚沓现金，全部都是 20 英镑面值，因此显得比原本更多。

我接过现金，当面点清后揣进了自己的外套内侧口袋里。

"老板，下周是否还能来？"我很明白炸鸡店老板指的不是我们，而是要更多的货。

"我尽量，再打电话给你。"

"好的，老板，等你消息。"炸鸡店老板用力地握了我的手。

漫长的夜终于告一段落。蒂姆搭出租车回家，我答应下一批货会给他一些拿去夜店零售。回到家中，脱下外套，摸了摸内侧的口袋依然是鼓鼓囊囊的后便倒头就睡。

虽然夜晚已经即将结束，短暂的睡眠里却依然上演着梦境。梦里有母子二人，来到一座寺庙前，人潮向庙门方向涌入。母亲带着儿子却转头走向一扇破门。昏暗的楼梯，墙壁裸露着坑坑洼洼的水泥，掉漆的栏杆扶手落满了灰尘。狭窄的台阶和旋转的结构像一座塔的内部。登到顶层来到一个只能容身两人的小平台，围绕着平台有三道门，门正中间分别大字写着"仁""义""财"三个字。左手边的财门彻头彻尾未在二人的考虑范围之内，儿子轻声敲了右手边离自己最近的仁门未有动静，母亲转身之际中间的义门突然被碰了开来。

随后的三个月时间，每周都会有国际物流快递被打乱

顺序送到我的地址以及阿平的地址，外加葡萄牙租户约翰那里。除了偶尔会被海关扣留，其余尽数都会安全到达，一切出奇的顺利。至此，我也在不断地增加投资数额，顺滑的物流几乎可以使现金流满负荷运作，也就是说我银行账户里所有的钱统统都在不停地滚动着，进货时只留有几10英镑吃饭，交货时口袋里再次鼓鼓囊囊，着实是三更穷五更富。以至于炸鸡店老板如何进行下一步销售一概不多问，也许在炸鸡店里零售一部分，也许再次转手赚点差价，无从得知。蒂姆则每天晚上在夜店里游荡，各个口袋里塞满了香烟，逢人便掏出一盒问："需要香烟吗？"低廉的价格使其快速地被认可，没过多久蒂姆便小有名气。

直到一批货在第十天都还没有更新物流信息时，焦躁不安的情绪开始慢慢地浮出了水面。等到第二十天，通过物流状态查询既不是扣押也不是退回，既不是征税也不是延迟配送，总之前进不得也退后不去，就像是在飞机上凭空消失了一般。好在贸易公司承诺丢货补发，可在此之前需要时间调查清楚是否满足补发的条件。

对于炸鸡店老板来说无非推后些日子赚钱，并没有任何损失。然而我望着空空如也的银行账户，不得不盘算着接下来该如何生活。首先好在房租已经预付，不至于被房东轰出门外露宿街头。水电费笑男也可以先顶着。门前的老车也可以好好地趴在车位上颐养一阵子。一日三餐变两餐，3毛6分钱一包的意大利面，什么蝴蝶意面、通心斜切意面、螺旋意面、贝壳意面，统统不在考虑范围，只选择又粗又长经济实惠的意大利面条。此外，什么番茄肉末酱、奶油蘑菇酱、罗勒橄榄油酱也都靠边站，只选择 6 毛 8 分钱一罐的番茄酱。煮面也无须加盐和橄榄油，更别提出锅后撒上帕尔玛奶酪粉和西芹碎了，一切统统忽略，就这样午餐意大利面配番茄酱，晚餐番茄酱配意大利面，一英镑可以吃十天。每天除了来往于学校，专心于功课，切断了所有社交活动，完全沉浸在独自一人的世界，健身，阅读。阅读各类书籍，以及一切可以在网上获得的资源统统都可以拿来阅读。时间已不再以天或周为单位，而是以每十天为一个单位。

等待也可以变成一种习惯。习惯了单一的食物和固定的作息。等待到第 6 个十天单位的时候，虽然贸易公司发来信息说补发的货物已经在路上，但一天没有收到包裹，心中悬着的石头就一天无法落进肚子里。落进肚子里的只有每天的意大利面条，煮面的技艺当然也在一天天精湛，无论是取量还是火候，精准度不断地在提高。

当等待的包裹出现在门前时已时值 5 月底，夏天的脚步已经悄然走近。不知从什么时候开始，当微风袭来时已不再把脑袋和脖子往领子里塞，而是举头仰面尽情地沾染着青草味。

当日凌晨 3 点，我独自一人在老地方与炸鸡店老板一手交了钱一手交了货。回家的途中，一辆警车在我车后亮

起了闪烁的警灯，示意我靠边停车。

我脑子里顿时一片空白。

32 买单

我降下车窗，"请出示驾照和保单。"两位警察中的其中一位站在我窗外说。另一位则用手电筒照着车身绕着圈不知道在查看什么。

"我没有。"我说。

"你的意思是驾照和保单都没有吗？"面前这位警察显然没有预料到我的答案。

"是的。"我再次确认。

"现在需要你下车了。首先，车窗太阳膜颜色过深，你会面临罚款。"这位警察一边说一边用笔在一张表格上记录着，"其次，无照驾驶以及没有保险，车会被拖走，你需要搭出租车回家了。请补齐车辆保险后，持驾照在警局取车。除此之外你会被起诉危险驾驶，具体信息法院会跟你联络。好了，现在在这里签字。"说完便把笔和表格递给了我。

不一会儿，一辆空着的拖车呼啸而来，并且很显然不

会就这么空着回去。眼看着我的车被拖走后，两名警察也驾驶着警车消失在了夜色中。我一个人站在路边拨通了出租车公司的电话，告知了我的位置和目的地。

距离英国高考还有 1 个月的时间，然后就是 3 个月的暑假。因此，房屋没有必要再次续约，同时也就意味着还有一个月的空窗期我需要再次搬家。天无绝人之路，阿平和杰克那里刚好空出一间房，虽然环境差了些，房间空间挤了些，距离学校远了些，但是比起长路富人区的房租这里只用一半就够，而且别忘了这里是龙星餐馆，餐馆最不缺的就是食物，包一日三餐的待遇让我们这几个留学生了却了心头大病。餐馆的老板是个吝啬的老顽固，骨瘦如柴，满脸皱纹，走路总是驼着背。每天只穿一件脏兮兮的白色厨师上衫，却从来没有见他掌过勺。年龄已经被他苍老的外表所掩盖，只知道他在 1997 年香港回归前搬来英国定居。之所以说吝啬，是因为每次多吃他一勺米饭都会被听不懂的广东话念叨两句，可他自己一天要抽三包烟。主厨叫阿南，来自越南，坐货船偷渡而来。他没有身份，因此很少出门，唯一的爱好就是平日的工资拿去赌场赌博，输完了就回来等待下周的工资。负责刷碗打杂的也是一名越南偷渡客，听说攒了一笔钱，买了机票回去了，空出了一间房。所以阿南近日无论大活小活还是脏活累活统统包揽，累是累一点，但是心情不错，毕竟能多赚些钱，好在赌场里大显身手。

在车被拖走的第二天，我在网上置办了一份假的中国驾照，然后按照保险公司网站上的模板伪造了有自己名字的汽车保单。出此下下策铤而走险的原因很简单，其一是因为我的英国驾照还未通过考试，无法拿出真的；其二是因为十五年的老车配上我这个年纪的司机，保费会是天价。

一个风轻云淡的下午，我手持着一杯星巴克咖啡，戴着菲拉格慕太阳眼镜，粉色 T 恤衫上印着连自己也看不懂的图案，破洞的牛仔裤耷拉着一条条的纺线，光脚穿着一双托德乐福鞋，走路像踩着棉花飘飘然。殊不知，我左边口袋里揣着假驾照，右边口袋里装着伪造的保单，大摇大摆地走进了市中心的警察总署。

"你好，我来取车。"我摘下太阳眼镜对接待窗口里的一位女警官说。

"是被拖走的吗？"女警官的语气听起来显然每天要问很多遍同样的问题。

"是的，这是单据。"我把有我签名的那份表格递进了窗口。

"驾照。"

"在这儿。"我又递进去。顺便呷了口咖啡。

"保单有吗？"

"有，在这。"

"车窗太阳膜罚款、拖车费、车辆停车费，你怎么付？"女警官一边写着什么一边问。

"刷卡。"我干脆地说，生怕对方反悔。

就这样顺利取出车后，我把车停在龙星餐馆门前，拍了照片，网上登了出售广告，之后也没有动过。没过几日就有买家上了门。一位留着长发的留学生，年龄似乎与我相近，经过几轮讨价还价后当场成交。汽车登记表格一一填好，现金当面点清，以至于对方驾照什么的当然没有必要查看，毕竟谁会没有驾照就买车呢？

　　威尔森胡同 27 号的房子也合同期满。中介的胖女人收房时看到已被转租顺势生起气来。一年没见，她的脸上的皱纹似乎更刻薄了一些。正当此时，胖女人冷不丁地推开了从未移动过的沙发，木质地板上露出一条长长的划痕。我和约翰瞬时目瞪口呆。

　　"我从未见过，更从未移动过沙发。"我和约翰几乎同时说出。

　　"那不可能。看见了吗？崭新的划痕。"胖女人目露凶光，弯下腰一本正经地用手指摸了摸地板上的划痕，之后一脸质疑地看着我们说："抱歉了，押金没办法返还了。那点押金都不够我修地板的。瞧瞧你们都对这房子做了些什么。简直不可思议。"

　　明知道是个圈套，我却哑巴吃黄连有苦说不出。心里暗自感叹这人生路上究竟还有多少经历需要买单。

　　好在英国的高考并没有人心惶惶使人终日不安，毕竟平日的成绩才是至关重要，最后一舞也只是锦上添花而已。最终成绩放榜时，我顺利地被伦敦大学录取。笑男也如愿入读了伦敦一所学校的媒体与艺术系。杰克也已毕业，要回台湾帮父亲打理越南的家具厂生意。杰夫据说也要去卡迪夫读大学。因此，不久之后一众人都要离开剑桥市了，阿平有些按捺不住，信誓旦旦定下目标要转学去伦敦。

暑假临行前，麦克照旧辗转4个小时火车来与我送别。首选依然是我们的最爱——印度菜，奶油风味的绿菜汤、提卡马萨拉烤鸡咖喱、孟买炒土豆，搭配印度黄米饭，堪称一绝。

至此，剑桥市的两年留学生活就画上了句号。三个月后，人生列车的下一站将前往伦敦，等待我的是未知，是无限可能，无论是喜是忧，是黑暗还是光明，终会成为组成我的一部分，我也会因此而更加完整。

在此之前，我只想做一个马马虎虎的人。

33 小饭桌

只能用一句话形容伦敦的话，那就是你想拥有的，在伦敦都能得到。如果欧洲是全世界的经济中心，那英国伦敦必然是欧洲的中心。通俗地说，就算是想买一座小岛或者一颗卫星，都可以在哈罗德购物中心顶楼由私人买手为你找到。不过话又说回来，欲望的野心总是与魔鬼的触手相伴而行，就如同土著人用椰壳抓猴子，椰壳里放入食物，外壳挖一个小洞，只够猴子伸手进去，可是握住食物的拳头是无论如何也出不来了，除非撒手放开食物，否则最后只好坐以待毙。伦敦就是这样一座城市，是自由同时也是禁锢，既可以是天堂同样也可以是地狱。

从希思罗机场出来，我早已对这里轻车熟路，唯一不同的是，我已经是一名伦敦大学的大学生，我不再需要搭乘大巴车或是火车前往其他城市。

我拿出一早准备好的牡蛎卡拖着市面上最大号的皮箱刷卡走进地铁站。大多数站台上来自世界各地的乘客都带着大包小包，值得庆幸的是由于是始发站，每个人都得以有座位可坐，只是偶尔会看到失控的行李箱在车厢里像脱缰的野马横冲直撞，直到主人上前驯服。从这里乘坐皮卡迪利线40分钟就可以直达市中心，然后再换乘中央线继续向东行驶，用不了几站就可以到达东二环，也就是学校的所在地。即将到达终点时已是晚上十点多，闷热的车厢里充斥着殊途同归的疲惫气息。不同肤色的人虽然从事着不同的工作，但此时此刻却共处一室，其目标一致，那就是回到家中洗净一整天的汗水。从地铁站走上台阶，浓郁的油炸味与咖喱味混合的气味充斥着整个空气，地面上密密麻麻大大小小的黑色圆圈是积年累月的产生痕迹。街道上过往的行人一度让我以为身处他国，两边的店铺经营者也尽是中东裔的面孔。这时，面前一辆经过改装过排气筒的黑色丰田车加足了油门驶过红绿灯，以使得排气管发出震耳的嗒嗒声。街道在被呼啸而过的改装车炸街之后显得格外安静，只留下一股浓重的汽车尾气味。我拖着笨重的行李箱小心翼翼地在人行道上缓慢地朝学校方向走去，路面由一块块方形砖砌成，行李箱底部两个的滚轮一直以来替我驮着这些年的留学生活，声音依然规则地发出哒哒哒的声响，像是两匹瘦弱的小马拉着载满货物的大车。好在离学校只有步行15分钟的距离，每走几步我便回头望一望那两个坚毅的滚轮，生怕被颠坏而罢工。

　　来到一扇漆黑的校门前，与其说校门，倒不如说连个门也没看到，只不过特殊的路面基石与周旁分隔开来，一直通向深处。我从口袋里摸出提前打印好的新生到校地图，按照指示找到了接待大厅。也许是身体感应到即将就会有一张属于自己的床可以卸下所有疲惫，一路的车马劳顿似乎在这一时间变得更加明显，就像是一个尿急的人越接近厕所的时候就会越感觉强烈。

一个晴天霹雳已经划亮天空向我劈来，"你知道你的宿舍不在校园内吗？"接待大厅的工作人员对我说。

"难道不是所有的宿舍都在校园内吗？"我仿佛完全不理解对方的话语，学校与宿舍的概念在我脑中试图重新排序。

"不是的。你定的这所国际宿舍是在罗素广场，不在校园内。我帮你叫一辆出租车吧。地铁需要换乘，你拖着行李箱可能不太方便。"说完这位年轻工作人员便拿起桌上的电话。

换乘？出租车？我虽然没有问出口，但此时满脑子已经尽是问号。究竟有多远？想到今后每天都会如此通勤，心里不由得焦躁不安。这难以接受的既定事实就像一颗长钉被锤子强行捶打进我的大脑里，最后成了我的一部分。

从出门开始算起，时针已经第三次经过 12 点。由于午夜顺畅的地面交通，15 分钟后出租车便把我带到了目的地。出示了护照与预订确认信后，这次我很快就拿到了房间钥匙。进入门廊，脚下几乎已经被磨秃的蓝色地毯勉强吞噬着行李箱的哒哒声。随之而来的沙沙声似乎正在预示着温暖的床榻和寂静无声的一夜深沉睡眠。

我转动钥匙推门进屋，借着走廊溜进的灯光摸索着按下墙边的电灯开关，光秃秃的床垫像是一块冰砖裸露着全身，散发着寒气。我满怀期待地打开水池旁边的衣柜门，里面却空空如也，丝毫未见到枕头被子的影子。好了，还能糟糕到哪里去呢？又不是第一次。我顺势摘下背包放在了床头，姑且再次当作枕头，身上的大衣从后背脱下来转到前胸又当成了被子。关灯前扫视了一圈让我无暇顾及的房间，干净利落的地毯，洁白的洗手池，没有水垢的水龙头，书桌也近乎崭新，也并不糟糕。

万物俱寂，我像是一个掉队的春游学生，而整个城市像早已进入深度的睡眠森林，我心急如焚不停地在加快脚步试图追赶。闭上眼睛，两只眼皮还在微弱地跳动，耳朵里似乎还可以听到脑袋吱吱响的运作声音。我蜷起身体好让大衣可以盖到尽可能多的身体部分，心中不停地催促着自己快一点入睡，再快一点。不知道什么时候，脑中的思绪被一把剪刀齐头齐尾地剪了下去，我随即进入了梦乡。

由于时差，第二天一早便无法继续入睡，窗帘外的晨光拼了命地企图突破我的眼帘，无论我如何紧闭双眼，依然在眼前形成了一道昏黄色的光幕。

宿舍的费用包含周内的自助早餐和晚餐，以及周末额外的午餐。这也是我选择这里的一大原因，所以没有理由让自己饿着肚子。宽敞明亮的餐厅里整齐排列着大约可以容纳百人的桌椅，放眼望去几乎每一个人都各自独守空桌，也许是因为想要一个清净的早晨，又或者是因为大家都是初来乍到，彼此陌生，以至于形成了一道看不见的社交隔墙。

　　我两手端着餐盘，朝着一张坐着亚洲面孔男生的桌子走去，"这里有人吗？"我用英文问道，"没有人，你可以坐。"于是我面对面坐下。他叫布莱恩，来自香港，主修国际关系学，普通话还不如英文说得好，因此我们英文普通话轮番上阵。没过多久又见一位犹豫不决的亚洲面孔端着餐盘四处寻找着座位，我高高举起手臂向他示意："这边。"他叫欧文，来自马来西亚，主修会计学。同样的节奏与方式，早餐还没用完，我们这张四人小桌早已放不下了，于是大家把旁边的四人桌也合并了进来。"你们大家都是老朋友了吗？"说话的这一位叫马修，来自新加坡。"不是啦。我们都是被这位叫作知行的同学招呼来的。本来谁都不认识，觉得好孤单，没想到这么快就认识了大家。"这位是董小姐，英国文学博士，来自台湾。"大家是不是都来自不同学校？"七雁说，她是清华研究生，来自北京。"好像这间宿舍是伦敦大学唯一一所混合宿舍，其他的都在各自学院的校区内。"陈波说，她主修火箭动力学，来自浙江。"听大家的口音似乎来自世界各地呀。"王林说，他主修国际贸易研究生，来自青岛。"刚刚你还没来，大家都介绍过自己的家乡啦。"高峰说，他主修国际法，来自上海。"总之呢，虽然大家现在都说着英文，可却是集齐了华裔圈哦。"金三，统计学研究生，来自苏州。"今天是中秋节，不知道大家各自有什么计划？"亏总说，他主修国际金融研究生，来自黑龙江。

　　"今晚我们就在这里开一个中秋派对吧。"我的提议被全票通过。

34 莲花落

　　9月底的伦敦已经尽显凉意，我步行穿过罗素广场公园，树上徐徐飘下的枯黄色落叶善意地提醒着行人季节的更替。头顶的天空整日整日的阴云密布就像是一位哭丧着脸的怨妇，虽然没有哭哭啼啼地掉眼泪，但时刻愁容满面。

　　由于是周日，Argos（百货零售商）排队结账的人已经折叠排成两排。我慢吞吞地一页一页翻看着商品目录，眼下并无当紧的要事，所以有大把的时间挥霍。选好了枕头、被子以及床品三件套，用店里准备好的铅笔在购买清单的空白格子里写好商品相对应的编号。选的品类当然是最便宜的那一个，倒不是因为价格，实在是因为高价的形形色色花纹难以接受与苟同。不过假设条件颠倒，素色为价高者，恐怕我也会姑且忍受着那些令人嫌弃的花纹。

　　我两手提着硕大的购物袋刚刚踏出店门，地上已落下了一滴滴从天而降的水珠。淅淅沥沥的雨点落在我的脖颈后面，就像是一条条凉凉的小虫趁我不注意之际偷溜进我温暖的后背避寒。即使这场小雨来得如此猝不及防，也不及路上的一些行人早已经撑起了雨伞，想必这雨伞是大家如影随形的器物，甚至给人以错觉似乎这伞一直被撑着只等着任性的雨滴随时落下，如同怨妇手中的手帕，即便没有眼泪的丝毫征兆，也要摆出一副随时擦拭的身姿架势。正所谓来得快去得也快，即将回到宿舍时，雨停了。一缕阳光不知从哪里拨开云缝直射下来，照在我的脸上，像极了轻浮的调戏，仿佛在说："这雨是托您的福，为您私人订制的哟。"

我回房间放下手中的东西，再次来到餐厅，稀稀拉拉又再次遇到几位早上的新朋友，各自说着自己的计划。有人要去买大桶可乐，有人要去买多力多滋玉米片，我补充说一定要买芝士味，有人提议要不要买些酒精饮料，被我否决。随即我也全盘托出我的撒手锏，月饼由我来提供。随后我取了两个保鲜膜包裹着的火腿鸡蛋三明治，一根又长又粗的香蕉，一盒蓝莓味酸奶，便返回房间吃午餐。

我一边吃着午餐，一边滚动着电脑屏幕选电影，最后落定《黄金三镖客》。当经典的背景音乐声响起时，年轻时的克林特·伊斯特伍德眉头紧锁，暴力归暴力，仪式感永远不会缺席。可没过多久，时差感就像一只打了个哈欠的巨兽微微向我眯着睁开了半只眼睛。毕竟身体内的自然时钟无法像电脑一样运作，让它开就开，让它关就关。此刻正以北京时间向我的大脑发出了困顿的信号。原本接近

三个小时的电影就是为了一口气消耗这漫长的下午，如今这缓慢的故事节奏却成了一道催眠符。于是我一股脑把剩下的半杯咖啡灌进了肚子里，铺好新床单，套上被罩、枕罩，倒头便睡。

随着一阵不讨喜的闹钟声，醒来时我已经完全失去了对时间的概念，身体告诉我已是凌晨，窗外的暮色却告诉我已是傍晚。不得不承认对于大白天睡觉这件事我着实带有偏见，甚至是一种厌恶。在这段被我浪费的时间里，世界未曾因我而停止运转，时间亦未曾因我而停止铭刻。我怀着这样的负罪感坐在床边发着呆，惋惜还未看完的《黄金三镖客》。

我提着满满一大袋蛋黄月饼来到餐厅，这里一反常态变得轰轰嚷嚷，看来大家都已经结束了开学前的忙碌。我的视线被一群向我招手的人吸引了过去。还是同一个位置，拼起来的桌子似乎再也没有被分开过，唯独围坐的人看起来更多了一些。

"我们大家还以为你不来了呢。"大家纷纷有惊无险地感叹，"半个亚洲都让你组织来了，我们都在等你。"

"来。一定来。就算我不来，月饼也要来。"我举起手中的沉甸甸的袋子朝大家晃了晃。

饭后，我们清理了桌子。不知从哪里冒出来的一次性餐盘和饮料杯被摆上了桌面，不同口味的汽水饮料在征求过每个人的意见后被斟满，不出意外的芝士味玉米片也出现在了桌子中央。这一切虽然没有人发号施令，却做得井井有条。

"我能帮上什么忙吗？"一位高个子，算不得美若天仙却拥有着一张清新面孔的女生对我说。

"好啊，看起来是月饼登场的时候了。"我转过头看着这位英语口音独特的女生说，"你是日本人吗？"

"是的。我叫有希。我已经听大家说了你叫知行。刚刚晚餐时被大家召唤来。原本以为一个人都不会认识，没想到大家如此的热情。你们很早就认识了吗？"

"我们所有人也是今天早上才认识的，但是无论怎么看我们已经像老友般其乐融融了。"我说完试着移开落在有希面庞上的视线，就像是试图用力分开两块吸在一起有着强磁的磁铁，费了好大劲才做到。

我把月饼从袋子里摊倒在桌上，用餐刀纵横切了两刀分为四块放进各人的餐盘里。有希看着我的动作照做，说："日本虽然也有类似的中秋节，可是没有这么美味的点心。"待我反应过来时，似乎我又早已注视了有希良久，贪婪的目光就像一台扫描仪，不由分说地在大脑里篆刻着对方骨骼的曲度，勾勒着脸庞的轮廓，晕染着脸颊上漾出的雪中藏花的绯红色，点缀着宛如水滴般精致的鼻子，最后连发丝柔滑的徐徐律动都不放过。

"组织者是不是该说些什么呢？"还没缓过神来，大家已经举起手中的白色泡沫杯，朝我索要着答案。

　　"说些什么好呢？大家来自世界各地，不同的语言，不同的人生。可偏偏今天在这里相聚，并且即将一起走上一段人生路。希望这段旅程都会成为每个人的奇妙回忆吧。干杯！"

　　"干杯！"

　　大家纷纷你一言我一语地互相交错着聊着天，不同的文化和语言不停地碰撞着，随后慢慢与左右邻座缩小交际圈。为了进一步活跃气氛，才艺表演也被搬了出来。带有民族色彩的歌声，国际特色的绕口令，屡屡使众人惊叹，而我则献出了太原地方特色的莲花落。当大家听到"大花生是小仁仁，小花生是没仁仁"的时候，虽然早已是一头雾水，可还是被那语言的韵律所感染。至此，随着一阵哄堂大笑，整个夜晚被推向了高峰。

35 麻将社团

　　周一一大早，我随着人流进入了罗素广场地铁站。沙丁鱼罐头般的电梯里人贴着人，人们呼吸着别人刚刚呼出的空气。好在这早高峰大家都梳洗得体，打扮体面，密闭的站台上偶尔飘来阵阵洗发水味或者香水味，久而久之，鼻子最终也疲于分辨，什么味道都闻不出来了。车厢座位的间隙里尽是乘客遗留的《伦敦都市报》，我随便捡起一份翻看，由于是免费领取，因此厚厚的一摞报纸里并没有多少真知灼见，相反是被大量的广告充斥。与其说是看了一份报纸，倒不如说是一份如假包换的广告册。

　　走上地面，顿感神清气爽，这时抬头才发现蔚蓝的天空中飘着朵朵轮廓清晰的白云。第一次伫立在校门凝望着整个校园，主楼由一块块百岁高龄的灰白色石头堆砌而成，给人一种庄严肃穆感，不由得心生敬畏。楼前的一块草坪定是被技艺精湛的园艺师精心打理着，整齐划一的高度如同阅兵式中的仪仗队，每一株小草上都缀饰着一滴露水，

像是贝壳里的珍珠正舞动着光芒。

我沿着小路按照指示牌的方向走，阵阵咖啡味夹杂着炸薯条的香味从敞开着门的餐厅飘出来。进入副楼的二层，来到一间可以容纳 500 人的阶梯教室，墙面和屋顶都采用了剧场的特殊材料用来扩音，甚至连讲台上教授窸窸窣窣的翻页声都可以听得到。当教授做完自我介绍后，低头发现教科书的作者就是此时讲台上的本尊；对于教授而言，书里尽是自己想说的话，不需要揣测他人的意图，想来也是一桩美事。课后的讨论小组则被分成十人小班，正襟危坐感也随之消失得七七八八。

"伙计们都打算参加哪个大学社团吗？"说话的这位叫威廉姆斯，非裔英国人，两排如同马桶般瓷白的牙齿给人留下唯一的印象，着实让人羡慕。

"我听说有麻将社团。你们二位伙计是中国人吗？那玩意儿有趣吗？"来自印度裹着头巾的拉吉朝着我和身旁一位成都女孩问道。

"真的吗？我还真想去看看。成都虽然人人都打麻将，可是外国人打还从来没见过。"旁边的朱迅阴阳怪气地说。

"那玩意儿会上瘾的，混沌与混乱之中重新建立秩序，简直深不可测，如同揭示宇宙运行的奥秘。"我对拉吉说。

"功课已经够我受的了，无论宇宙奥秘探究还是麻将娱乐我可不想沾上边儿。"

"好像有个中华社团，下课后要不要去看看？"朱迅转头对我说。

"可以啊。拜访完麻将社团之后就去。"我说。

如果说剧场教室的教授课是一场演唱会般的独角戏，那小组课就如同进入了卡拉 OK 包厢。你一曲我一曲，你一言我一语，轮番登台亮相，如果有谁很久都没有唱歌就会被所有人一起推向聚光灯下，像幼儿园老师监督孩子吃饭般盯着你，碗底不能留有米粒，直到唱完一整首。除了演讲之外，还有吹毛求疵的批判性讨论，每每在针对马克思主义或者工会法律都会搜肠刮肚作出一番抬杠的言论时，总有错觉自己置身于一场无理取闹的吵架之中。不过想到历史长河中真理的保质期可长可短之后，也就释然。

课后我们一行人每人腰里别着一颗昏昏沉沉的脑袋来到餐厅，二话不说先把滚烫的咖啡喝去一半，缓了一会儿才有了继续说话的耐心。我绕着餐台走了两圈并没有发现任何东西可以吊起我的胃口，于是随便点了一份贝壳意面混合沙拉，收银员说今日特价是番茄奶油汤搭配蒜香法棍面包，便又好意难却地破费了一下。

午餐时间很充裕，因此我们花时间慢慢咀嚼，在打发完一整个中午后，来到社团活动所在的教室。推开麻将社团的门，只见四人围坐在一张课桌边。其中有三个男生，一位有着黑巧克力的肤色，两名欧洲人，其中一人还背着双肩包；一位白人女生，有着一头红色的卷发。四个人弯着腰弓着背，似乎认为只要距离麻将牌够近，就可以读出其中奥秘。壁垒森严的面部表情放在任何一张研制火箭的科学家脸上都恰如其分。每出一张牌都需要经过一番自言自语的论证，俨然要说服的不仅是自己。虽然我们一行人已在屋内站立了片刻，却与透明人无异，没有任何人抬头看我们一眼。屋里凝滞的空气与门外流通的气流形成一种带有确切肤感的区别，除了牌与桌面发出清脆的碰撞声和每个人嘴里嘟囔的碎碎之语，整个房间犹如一团凝胶状的果冻，让人动弹不得。午后的阳光渐渐西斜，当局的四人内并没有任何一位有起身开灯点亮这昏暗教室的意思。于是我们就像来时一声不作地退出了门外，打开了电灯开关，带上了门。

　　与另外几位同学告别后，我和朱迅按照社团活动宣传册里的教室号码，来到了中华社团所在的教室。

　　"二位是想加入中华社团吗？"一位中国面孔的女生用英文问道。

　　"是的。"朱迅犹豫了一下，把"是"字拖长了尾巴。

　　"每人只需要 20 英镑工本费，就可以加入。我们会发一张社团会员卡，持有这张卡可以在全英国上百家商店享有折扣，有效期一年。此外我们还会时常组织大家聚餐，搞联谊活动。"另一位操着粤语口音的男生用普通话对我们说。

　　"这些品牌店看起来还蛮实用的。"朱迅拿着一张折扣商店清单，用手指指着一个一个下滑着浏览。

"的确迟早会用到。"我附和道。

"好。我们两人参加。"朱迅把清单递回给那二位学长。

"两位的入会费交给我就好。会员卡会在本周末的欢迎会上给到大家。"刚刚那位讲英文的女学长转换回了蹩脚的普通话,"周六中午十二点,中国城的幸运星餐厅。"

每人付了 20 英镑后我和朱迅道别。

回到宿舍后我直奔餐厅,午餐的汤汤水水早已在肚子里消化得连渣都不剩。

"明天下午有一个英国华人协会举行的抗议活动想不想参加?"王林一手拿着刀一手拿着叉,举着严肃的抬头纹冲着还没放下餐盘的我说。

"参加。"我一口答应了下来,随后小心翼翼地放下了手中的餐盘。

36 字母"O"

"今天的报纸看了吗？"王林看我坐下后问道。

"看是看了一份，但是《伦敦都市报》，你也知道，免费的，都是广告。"

"没关系，我跟大家详细说一遍。今天英国主流的媒体、各大报纸，包括 BBC 报道了一则中国警察镇压西部僧人的新闻。这么说吧，新闻配图里的僧人不知道是哪国的，那些警察穿的更不是中国制服。总之呢，那些僧人与警察无论从时间还是地点看，压根跟中国没有任何关系。恐怕连照片里的僧人自己看了都会莫名其妙。"

我猛然想起了早上那份充满广告的报纸里那张刺眼的照片。

"明天一大早就会有市中心的游行活动，紧接着上午 10 点是在大本钟门口静默抗议。全世界的华人都可以参加。"

"刚好明天上午没有课程安排，我也去。"旁边一直在听的高峰也自告奋勇。

"我也去。"亏总也加入了进来。

"那明天我们10点在威斯敏斯特地铁站出口汇合吧。"我说。

"好。"

"没问题。"

第二天一早一切照旧，和平的地铁车厢，和平的街道。可我知道在伦敦的市中心正有一群义愤填膺的中国人摇旗呐喊，捍卫着自己国家的尊严。

一闪而过的畏缩感也造访过几次，会不会不合法？会不会被抓去警察局？会不会影响到学校？会不会被遣送回国？一个个问题像是投进深井的石子，没有回音。即使这样，越接近约定的时刻似乎思绪越是亢奋。

时针已经爬到九点半，我已经站在威斯敏斯特地铁站出口。由于早饭吃得早，我从背包里拿出原本留作午餐的金枪鱼三明治，撕开包装盒，一面吃一面四下张望确认自己的位置。远远看去议会大楼附近人潮涌动，想必那里就是活动地点。吃完三明治，我又从背包里取出瓶装水，小口抿着喝。仰面时看到天空层层重叠的阴云交错流动着，下面一层刚刚飘过，便露出上面一层缓缓驶来。罢了，今天这样的活动即便是下雨，就叫它淋个痛快吧。

待所有人集合到位后，我们一同走向人群。步履并不欢快，毕竟不是生日派对或者老同学聚会。却又算不得忧伤，终究不是参加葬礼。事实上我的脚步如同踩入了漩涡，

不由分说地被卷向中央，并且越是靠近，似乎水流的旋转速度越快。上一秒还窥视着风暴眼的我，转瞬之间已成了风暴的一部分，化作了雷鸣与闪电，投身于兴风与作浪。

"你们是来参加静默抗议活动的吗？"一位组织者看到我们走近便问道。

"是的。"亏总替我们这支临时组建的小分队一口咬定。

"来这边站在第一排。把这件白 T 恤穿上吧，等一下我们统一发字母别在胸前。"

风暴继续席卷着海浪，原本以为自己只是一股推波助澜的微风，而现在却猝不及防地站在了风口浪尖的第一排。从远处看，第一排的抗议者组成一句话："Who is lying？"（谁在撒谎），我是字母 O。我们的手臂互相交错着挽在一起，似乎可以使胸口上的文字更加坚不可摧。我转头向后看时，身后已经站满了同胞，此外还有零星非亚洲面孔的外国人，一同举着昨日大幅的虚假新闻图片。声势浩大的阵仗却鸦雀无声，我们每人都戴着白色口罩，上面写着 BBC 三个字母，对不负责任的言论无声地抗议着。时间在一分一秒地流逝着，人墙一丝一毫没有松动。有些媒体已经闻风而动前来报道，事实被记录了下来。

面前的大本钟一本正经地敲响了十二下，好似一个穿着西装革履的人拨弄着狡猾的算盘，木珠之间发出醒醍的哒哒声。也许是因为如此近距离地倾听还是头一回，因此每一声都格外刺耳，甚至略显道貌岸然。法律规定的集会时间到了，我们互相费了些力气才把彼此早已僵化的胳膊解开。印有对媒体质疑的条幅被整齐地叠了起来收好，草坪里的垃圾也被有序地清理干净。无声的人群延续着庄重与威严，如同庙宇中石碑上的篆刻，穿过时间的尘封和历史的血洗，悄悄地来到每个人的身后无声地浸入了骨髓。

回到学校时几乎已是上课时间，幸好午餐早就已经装进肚子里，于是我在餐厅只买了咖啡后走进了教室。经过了一个漫长的上午，我一手托着下巴，小臂挂在桌子上，一手握着咖啡，任由讲台上的教授天马行空地讲。

"你看起来有些疲惫啊！知行。"旁边的威廉姆斯悄声对我说。

"早上去游行来着。"

"噢？这可比听课有意思多了，说来听听。"

"没什么。就是抗议 BBC 来着，弄些假照片抹黑中国。"

"老兄，他们都是一群骗子，习惯就好。"威廉姆斯露出没什么大不了的神态说，"晚上喝一杯吧。"

"不了。一会儿还有别的事需要办。"

"那下次。"

"下次，一定。"

一天的课程结束后，我只身一人穿过东二区的迈尔安德路，朝着人越来越稀少的小街小巷内走去。

"呃。抱歉伙计，我可不想惹上麻烦。"对方无论是员工还是老板，为难的神情看起来似乎是真的。

"在剑桥销路一直没的说。我有很稳定的合作伙伴。"

"这里是伦敦，老兄。我们被盯得很紧。"对方再次挤了挤眼睛撇了撇嘴。

"好吧。祝你有个愉快的一天。"我把东西塞回了背包。

"祝你好运。"对方看起来如释重负。

我又再次尝试了几家类似的店面，甚至尝试了零售店、杂货店，但凡开张营业的都试了个遍，结果统统一样，个个小心谨慎，不敢贸然挺进。我站在巷口，深深叹了口气，打道回府。

37 寒暄

第一次邀请有希约会是在星期五晚上的宿舍餐厅，同时也是最后一次。其实自打中秋聚会以来我们每日都会在餐厅打照面。有时只是嗨一声就各自落座在不同的桌子，有时则离开时对方刚刚到达，说完嗨紧跟着就说拜拜。只有极个别几回有机会四目相对，一边吃饭一边挖空心思搜罗交谈的话题。

就像今日，平凡至极，如果把今天抽取出来随意安放在一年内的任何位置都不会觉得突兀。我和有希还有其他几位舍友并排而坐，一番搜肠刮肚之后，最终的谈话题目无非是各自交代今日课程是否顺利，我谈谈宏观与微观经济，对方谈谈服装设计的布料种类。然后针对晚餐抒发一些个人见解，比如沙拉里的豆角有些硬，不知道煮熟没有，如果没有恐怕会有食物中毒的危险，等等。一个话题还没有结束，脑袋里已经有必要开始筹划下一个，以免陷入尴尬的沉默中。就这样看似你来我往密不透风的交谈，实则

像是流水线生产的精加工预制菜，外表看似色香味俱全，其内在既没有营养更没有灵魂。

"明日有空去艺术馆？"我鼓起勇气问出一早准备好的问题后继续低头吃饭，只是速度需要尽量放慢，好让余光可以时刻捕捉对方的神情变化。其实我对艺术馆似乎提不起什么兴趣，从小到大也参观过几个艺术馆，令人拍案称奇印象深刻的东西却一个也想不起来。倒不如博物馆来得实在些，比如英国自然历史博物馆的恐龙骨架，还有大英博物馆的南宋时期完美无缺的茶具瓷器，每一件似乎都可以撼动时空，令人赞叹不已。可恐龙骨架多多少少听起来并不十分符合约会谈论的话题，尤其对于一位服装设计系的学生而言，恐龙骨架着实不存在任何需要设计服装的可能性。

"是明天吗？"有希思考着说。

"是的。如果有空的话。"

"是哪一个呢？"

"泰特现代美术馆。"

"我没有去过，但是听说很棒。可以，明天下午 3 点如何？"有希流露出一丝可有可无的兴趣。

"3 点没问题。我们在宿舍门口见。"

第二天远还未到约定时间，我在房间内打量着我衣柜里有限的几件衣物。论颜色，单一得像是没有路灯的乡下小路，黑不见底；论款式，根本无法与"时髦"两字攀上半点儿亲戚。总之令人眼前一亮的搭配一件也没有。挣扎毫无意义，没过多久我便放弃了抵抗。老老实实穿上我洗净的深蓝色李维斯牛仔裤，黑灰色菱形格子的苏格兰羊绒衫，外面套上飒拉黑色风衣，一如平常。

差五分钟才3点，我和有希几乎同时出现在宿舍门厅。她穿着米黄色巴宝莉风衣、休闲牛仔裤，脚上一双黑色低帮小羊皮皮靴，手上没有手提包，显得既舒适又干练。

"可以走了。"有希跳过了"久等了吗"之类的寒暄，直戳主题。

"好，走吧。"我应和了一声。

严肃的空气笼罩着四周，同时成为既定事实的主旋律，就像一个外行人唱歌，开口第一个音调如果基调过高，没唱几句就会破音，相反如果起调过低，一整首歌都将会闷在肚子里无法一吐为快。前往地铁站的路上，除寒暄以外的话没有一句可以浮上脑际，只好默不作声专心走路。没走几步，却觉得自己走路的姿态已然陌生起来。四肢似乎丧失了协作的控制力，活像一台机器人迈着设定好程序的步伐，刻意地计算着关节转动曲度和摆臂间隙。

呼啸而过的地铁列车搅起一股劲风，试图划破沉默的气团。不料随着车厢的停止，无形的空气碎片却以惊人的愈合能力再次凝聚而笼罩了下来。我一只手插在口袋里，另一只手抓着车顶垂下来的把手，眼睛盯着站名默数。原本高效率穿梭在伦敦地下的列车在我意识里一反常态，每

到一站开门前都要舒经动骨一番，然后才能喘着粗气重新启动出发。经过了考文特花园、莱斯特广场、格林公园、海德公园、骑士桥，最终我们到达了南肯辛顿站。

"我们在这一站下车。"我说完才发现喉咙里早已干涸，于是吞了一口口水清了清嗓子。

"嗯。"

我们沿着头顶上方的路标指引，走进漫长深邃的地下通道。四周墙壁被形态各异的马赛克砖拼接成不同的图案，管状蜿蜒的穹顶像极了一条冷峻前行的巨蟒，人们脚步的回响也被徐徐拉长，不知道要被拖向何方。这里的空气似乎已被封存百年，有着古老的味道。随着渐渐走向通道的尽头，现代的气流缓缓渗透进来，最后爬上楼梯来到地面才彻底占据了上风。

"我们到了。"我看着眼前的泰特现代美术馆说，随后便转头瞭望起了泰晤士河畔的景色。

"我们需要票吗？"有希问。

"免费的，随便看。对于感兴趣的人倒是可以天天来。"

走进美术馆大门，被称为涡轮大厅的巨大空间在眼前延展开来。视线由近及远地看去，花费了些时间才对周围的环境有了些许适应。接下来就是漫无目的地走路，水磨石的灰色地面与混凝土的墙壁连成一片，四周支撑着的炭黑色钢结构钢架把空间又再次切割成了一块块。

有希闲庭信步地沿着路线参观，时而思绪在漫天飞舞并东张西望，时而似懂非懂地紧盯着某一件展品探索一番。而我就像流水线上生产的一件货品被放在传送带上，无论来到什么样的地方被摆弄一番，还是被什么样的展览物包围洗礼一通，无须大费脑筋，甚至可以闭好双眼，等待完工下线。时间缓慢地向前爬行，像是被按下了慢放键。直到"出口"两字近在眼前时，如释重负感才从身体核心向四肢蔓延。

"要不要一起吃晚餐？"我看了看表，又看了看有希。

"不吃了。"

"或者喝杯咖啡？"

"不喝了。"

"好，那我们原路返回。"

我们的对话依然简明扼要，让我一时间有些怀念人与人之间嘘寒问暖的寒暄，甚至无法想象没有寒暄存在的世界，只有机器般冷若冰霜的指令。

回到宿舍，我拖着两条久未打弯僵直的双腿直奔餐厅，取了晚餐，挑了一桌有熟人的座位坐下后，朝嘴里猛灌了一整杯咖啡。

"呦，这是干什么去了？"王林见我如此风尘仆仆，问道。

"美术馆。"

"有什么好玩的吗？"

"好像看了很多，又好像什么都没看，总之没看明白。"

　　我把法棍面包撕成小块泡进豌豆泥番茄汤里，一边大口吞一边听着大家互相的寒暄。

　　"嗯。"

　　"味道好极了。"

38 麻婆豆腐

周日上午，我正在电脑屏幕上一词一句排列着我其中一门课程的论文，一声优哉游哉的电话铃声切入了我的思路。是朱迅。

"中午的中华社团聚餐你几点去？"朱迅散漫的声音像是刚刚睡醒。

"你不说差点忘记。"我拿起还剩半杯的咖啡喝了一口。

"付过20英镑了好吗？怎么能忘！"

"确实付过了，必须得去。12点吧，中国城亭子那里见。"

"好，待会儿见。"

我和朱迅坐在幸运星餐厅内椅子上时是12点10分，一个大包房里光秃秃地摆着三张大圆桌，且自打一进门就闻到了一股形式主义极强的走过场的味道。倘若再把桌布换成红色，说不是来吃席的都没人信。两位主事人无论是香港人还是广东人都泰然自若地坐在席外，运筹帷幄，操持着大局。

　　"大家饿吗？我们再等等其他同学。"男主事人的脸上勉强挤着笑容说。

　　同桌的人你看看我，我看看他，互相一言不发。整个包房内静得像一个监管森严的期末考场，我和周迅不知为何无奈地使用着唇语交流。

　　"我想走了。"我读出了朱迅的唇语。

　　"20英镑。"我伸出两根手指暗示。

　　话音未落，虽然并没有产生真正的话语，餐厅服务生拖着大型餐盘便鱼贯而入，依次在三张圆桌上摆下一道道菜品。第一盘是蚝汁油麦菜，第二盘是清炒菜心，第三盘，等等，且慢，确定这不是素食主义者聚会？或者是绿色环保组织一类的？待服务生退出包间后，身后留下十道干净利落的蔬菜，绿油油，脆生生。如此搭配想必定是囊中羞涩，预算严重不足，或者仅仅只是严控成本。中间唯有一盘麻婆豆腐略显鹤立鸡群，也许本是想画龙点睛，或是突出些许仪式感，不料却被众人纷纷讨伐，每人两勺搭配米饭迅速填进了肚子。周遭的青菜无人垂青，只得蔫儿在盘中。米饭还未吃第二碗，麻婆豆腐就已被尽数剿灭，只剩盘底的红油还残留着曾经存在过的痕迹。朱迅递给我一个眼神示意撤退，我拿起桌上的纸巾拭去嘴角的食物残渣，如果有的话。

　　"会员卡哪里领？"朱迅起身向二位并未用餐的主事人发问。

"会员卡还没有制好，制好后会通知大家。"女主事人拿起一种小团体的官腔说。

从餐厅走出来，朱迅用一肚子怨气填饱了肚子，说："会员卡听起来遥遥无期了。"

"八成。似乎也没什么必要追问了。难不成要他们发誓？"

况且真正会做的事情是不需要发誓的，只有做不到的事情才需要华丽语言的粉饰。我心中暗想。

"那就是作秀喽？"

我耸了耸肩表示默认。

中华社团的聚餐就此结束了，似乎又从没开始过。二位主事人从此便像餐桌上的麻婆豆腐般消失得干净利落。这才发现手头根本没有哪怕其中一位的联系方式，后来校方也表示社团活动都是自发组织，因此并没有统一管理的必要。

下午回到宿舍，推开门，地上有一封从门缝里塞入的信件。拆开来看，是今晚消防演习的通知。我随手扔进了垃圾桶，毕竟与我无关。然后换上一身适合运动的衣服，一一检查了健身包里的防滑手套、助力带、水壶、密码柜锁。走到宿舍门厅处，身后传来一声呼喊，"嘿。"我下意识扭头看，是高峰单肩挎着健身包。

"健身？"我向高峰打招呼。

"是呀。一起？"

　　"一起。"出于礼貌，我干脆地回答。我平时向来都不会结伴，毕竟一旦结伴而行，无非是你等我，或者我等你，等来等去最后对方说有事不去了，结果把自己的时间等没了。即使可以顺利一起到达，也毫无意义，由于各自训练方式不同，喘口气的空当也着实没有社交的必要。

　　就这样我们两个人咬紧各自的牙关，绷紧各自的意志，淌着各自的汗珠，偶尔在转换器械中打个照面说一句："继续。"

　　返回的途中，秋风阵阵拂在脸上，随后顺着耳后溜走，甚是舒服。这时突然一辆锃光瓦亮的黑色S级奔驰停在了我们身边。副驾驶的门开了，走下一位身材细长着装讲究的欧洲男子，梳着金棕色背头，身穿藏蓝细条纹西装套装，从修身的剪裁方式看不是杰尼亚就是阿玛尼，脚上的皮鞋也看得出精心护理过，被擦拭得一尘不染，甚至可以倒映出我们两个人被拉长的身形。

　　"你们二位可以帮我一个忙吗？我现在太绝望了。"男子的英文发音听起来不是英国本地人。

　　"什么事呢？"高峰问。

　　"我从意大利来出差办事，但是钱包丢了，手机也丢了，现在连回去的机票都没办法买。能借我些钱买机票吗？"这名男子一脸严肃，神情恳切地说。

　　高峰呆呆地看了看我，一言不发。

　　"我爸爸是法拉利的老板，等我回去后定会十倍奉还。"

男子用尽了全力。

"好。你需要多少钱？"高峰问。

"我需要 1000 英镑，实在不行 800 也可以。你们二位真是我的救命恩人。"男子双手合十。

"现在身上没有那么多，我去取款机取吧。知行你在这等我。"说完高峰转身要走。

"不再考虑一下？"我试图阻止。

"没事的。"高峰断定。

"太感谢了！我陪你一起去。"男子随高峰走去。

留我一人站在路边恍如梦境。求助任何人已无济于事，即使是现在拨通报警电话，恐怕也为时已晚。透过副驾驶贴着深墨色太阳膜的车窗，隐约看到车内的司机一只手搭在方向盘上，面无表情，眼神空洞地望着前方，想必已是轻车熟路。

不一会儿，二人回来了。男子照旧拉开副驾驶位置的车门，潇洒地跨进去一只脚，"我会打电话给你。谢啦！"另一只脚也抽了进去，"嘭"，随后附上一声稳重的 S 级奔驰关门声。

"你给了他多少钱？"我问。

"700 英镑。给太多的话我自己也没钱了。"高峰说。

"留了你的电话？"

"对，他记下了我的电话，说回了意大利之后打给我。"

"能还得上？"

"干吗把人都想得那么坏。"高峰用近乎鄙视的眼光看着我说。

餐厅吃晚饭时高峰既不言又不语，我配合着他一起埋头吃饭。

"知行，别跟别人说今天的事情。"高峰冷不丁冒出一句。

"嗯。"

晚上我躺在床上一边翻看着契诃夫短篇小说集，一边在脑袋里萦绕着《鬼谷子·抵巇》里的一句话："有近而不可见，有远而可知。"难不成高峰真的看不清？果真成了当局者？或者真的像他所说缺乏信任感的人是我？

正当满脑子问号间，走廊中响起了惊悚的警报声。

马马虎虎 *Mamahuhu*

39 警报

　　我的心跳狂飙，发出了沉甸甸干巴巴的咚咚声，大脑高速运转，肾上腺素也已在体内分泌好了逃跑的用量。突然想起垃圾桶内丢弃的通知信件。拿起手机按亮屏幕，时间刚好九点零一分，定是消防演习无疑。于是趁欠身起来之际喝了口水，便又倒头继续读契诃夫。

　　火警警报声持续回响在整栋宿舍楼内，如同蒸汽机火车头开了进来。怒吼的警报器也许才刚刚如梦初醒，逐渐适应了自己嘹亮的声音，以至于愈发的尖锐刺耳。走廊内稀稀拉拉的人们拖着不情愿的脚步声慢吞吞地朝出口挪移，假如真是火灾，以这样的速度真能幸免于难不成？我在内心摇了摇头。

　　没过多久，我似乎已习惯了这尖厉的声音，并且有着强烈的感觉整栋楼宇内只剩下我和它相依为命。书页翻动得极慢，毕竟还需被迫忍受着刺耳的声音，同一行字往往需要看上若干遍才得以领会其中的含义，待看到下一行之后又发觉得已然忘记了上一行的内容，于是便再次翻回去重来一遍。

正当此时，我的房门被猛然推开。

"你为什么还在这？"一位宿管员已显得有些激动。

"不是演习吗？"我在床上歪着脑袋说。

"现在立刻离开这里。你已经违反了法律。"宿管员近乎怒吼。

"好吧，这就来。"我无可奈何地穿上鞋，打心眼里不想玩这种狼来了的游戏。

来到户外，密密麻麻的人群里有的穿着拖鞋，有的甚至只穿着睡衣睡裤打着哆嗦，说话时嘴里吐着白气。本以为几分钟就可以返回自己温暖的房间，现在却被冻得直抱臂跳脚。

凌空响亮的警报声戛然而止，就像被什么东西凭空斩断了声线，难以想象前一秒还在侃侃而谈，后一秒就变成了哑巴。人们像是被魔法师解除封印了一般，发出了一声"耶"的欢呼声后，便争先恐后地朝门内钻。

在大学二年级新学年宿舍续住报名时，我是唯一一名没有资格继续留宿的学生，原因正是消防演习。抢手的市中心位置，外加低廉的住宿费用，原本就是各个学校学生争先恐后争夺的对象。现在我的资料夹里多出一份警告备忘录，刚好成为剔除我的绝佳理由。

新的宿舍距离学校大门仅一条马路之隔，充其量步行也超不过 3 分钟，甚至课间都可以回去睡个回笼觉。房间内有独立的卫生间淋浴房，单人床单人衣柜，窗户下还有一整张通体写字台。四个如此的房间组成一个单元，每个单元共用一个厨房和一个公共沙发区。

习惯了早晚餐齐备的餐厅，多少对自己的烹饪技术失去了绝大部分的信心。如何以最省时省力的方式并且营养均衡地维持生命成了我唯一的诉求。每周我会步行 40 分钟去往 Sainsbury's（森宝利）超市采购，原因是学校旁的超市同样的东西要比这里贵出 30%。采购的东西也相当有序，两包混合蔬菜丝，一来可以省去前期准备的洗菜切菜工夫，二来已经搭配好的各类蔬菜可以省去挑选品类的步骤。每袋六便士八先令，遇上临期的还会有更低的折扣。一桶临期的半脱脂牛奶，只需一英镑，毕竟喝得快，临期也无妨。一袋特价苹果、一串香蕉、两盒买一赠一的蓝莓，另外无须固定采购的鸡蛋、大米、卫生纸一类的就按需补充。然后提着购物袋再步行 40 分钟回家。有时可以趁着一身汗去健身房健身，又省去了热身动作。烹饪方式也极其精简，一人分量的印度大米放入碗中，加入同等分量的水，微波炉设定好时间。与此同时，电磁炉上架锅烧水，放入蔬菜丝，不放油不放盐，刚好可以免去用洗洁精的环节，只需放入少许印度咖喱酱一起熬制两分钟即可出锅，最后连同米饭在盘中一同混合搅拌。

之后的日子过得像是一台高速的复印机，设置好了张

数，按下开关，每一页都如出一辙。同样的时间起床和睡觉，同样的烹饪方式和食材，同样的课堂每周轮转一遍。

没有营养的社交百分之百地被杜绝门外，尤其是同校不同道的同胞。也许是中华社团的教训对我产生了不可小觑的影响，以至于对待类似同胞的聚会活动完全提不起兴致。其实入校没多久之时，同系的几位中国学生已经打成一片，搞起了小团体，就是那种人云亦云，无法独立思考，社会推来什么样的信息浪潮，他们就会喊起相对应的口号的小团体。对外打着团结友爱民族共兴的幌子，无非是用来掩盖内部吃喝玩乐纸醉金迷的营谋。时不时这个乌合小团体的触角就会伸出具有腐蚀性的手来挠挠我的后背，无外乎邀请我一起聚餐、饮酒、K歌这一类的勾当。每每我就像见到传染病人一样恭敬地保持距离，毫不留情地拒绝。之所以冷酷无情，是因为我找不到任何婉言的理由；我不想造成误会，不想留有余地，更不想再次被这个小团体争取。久而久之，我成功地被孤立在外。虽然拥有着同一母语，但小团体不再同我说话，各项活动也从未再次邀请，来到课堂上挑座位我也不再是那个可以挨着坐的熟人。课后偶遇小团体围成圈商讨去哪里进行派对时，也会被当作空气熟视无睹。我打心底感谢他们。

40 左手与右手

从社交的角度而言，威廉姆斯的邀请却难以拒绝，因为从他轻松的语气中听不到任何功利，不夹杂任何世俗。

"嘿，知行，今晚去喝一杯如何？我可不想浪费我今天这身行头。瞧，为了咱们今天小组的演讲，我特意买来这身西服套装，吊牌还在，明天就去给它退掉。"威廉姆斯的坦诚竟让我觉得这样的行为是理所应当的。

"那你可要保护好了，千万别弄脏。"我已经与他站到了同一战线。

"那是当然。晚上8点，学校隔壁的酒吧，不见不散。"

"好吧。反正也是周五。8点见。"

晚上各自对付了晚餐后，我不到8点就来到酒吧门口，威廉姆斯已经提前到达，手里的香烟已将近燃到尽头。

"让我来给你展示一下如何快速引起异性的注意，瞧好了。"威廉姆斯露出目空一切的笑容，把扔到地上的烟头一脚踩灭。

比起夜晚漆黑的室外，酒吧里却显得明亮许多。中央的几张桌子早已被人群围得满满当当，只剩吧台旁的几张高脚凳还虚位以待。

"我来点第一轮，拉格啤酒怎么样？"威廉姆斯从皮夹里取出一张10英镑的纸币递给酒保。

"没问题，第二轮我来。"我默许了这样的默契。

等待啤酒之余，威廉姆斯背靠着吧台，单腿倚靠着坐在高脚凳上巡视着整个酒吧内。

"跟我来。"威廉姆斯扭身端起吧台上的啤酒杯，朝酒吧角落一个小圆桌走去。

"二位女士，想不想知道如何快速地与恋人分手？"威廉姆斯字正腔圆地说。

小圆桌上的两位金发女士看起来与我们年龄相仿，八成也是隔壁的校友。二位先是愣了几秒钟，朝我们露出怀疑的神色。

于是我也配合着一本正经地说："他是认真的。"

"好吧，就让我们来听听。"其中一位女士说。

"最快速的方式是通过电子邮件。"威廉姆斯看起来胸有成竹地说。

"开什么玩笑。电子邮件？"另外一位女士显然满腹狐疑。

"邮件的内容是这样的。

尊敬的女士或先生：

不知近来身体是否安康。写这封邮件只是想说，滚蛋吧你。此外别无他意。

此致，敬礼。

祝好。"

一时间，两位女士的欢笑溢满了整个酒吧。

随后，威廉姆斯和我被邀请落座，二人的小圆桌虽然变得拥挤了起来，可对于威廉姆斯来说却显得游刃有余，似乎任何尺寸的空间都可以拿来当作舞台。

酒过两巡，我的困意像是有谁在我的颈后按下了开关，然而威廉姆斯却依然是手舞足蹈，兴致盎然。

"伙计，我回家睡觉了，别喝太多。"我拍了拍威廉姆斯的肩膀。

"放心，老兄！至少还可以再来这个数。"威廉姆斯一边用捋不直的舌头说，一边伸出三根手指头意指三杯杰克丹尼威士忌。

我回到家中慢条斯理地洗漱自己，无论酒精如何使我的身体飘飘欲仙，我都一丝不苟地清洁，一次都少不了。躺在床上闭起眼睛，仿佛只有意识之外的躯壳被切断电源，剩下的灵魂终于得以乘着仙气云游四海。梦境的现实堪比现实的梦幻，维度那样的东西着实也无法澄清，只留得强有力的心跳声叩击着胸腔。

一日早上，我一如像往常一样步行走进校园，教学楼

门口遇到另一方向走来的拉吉，体态肥硕，脑门上扭成麻花状的裹头巾不知道多久洗一次，总之老远就能一眼认出他来。我右手提着我的薇薇安韦斯特伍德书包，于是便向他伸出左手打算握手问好。不料拉吉一个急停，说："不不不，永远不要跟一个印度人握左手。"一边说着，拉吉一边把左手背在身后，伸出右手。

"好吧拉吉。"我倒了一下拿书包的手，与他右手相握。

"记住喽。印度人右手是用来抓饭的，而左手是用来擦屁股的。"拉吉与我一边走一边说。

"擦个屁股而已，小题大做了吧。"

"我说的擦是用手，而不是厕纸。"拉吉把脸扭向我重申了一遍。

我朝拉吉瞪大了眼睛恍然大悟。

"对了。你去警察局登记了吗？"拉吉问。

"最近刚搬家，还没来得及，幸亏有你提醒。"

自从大学二年级的宿舍公司坐地起价后，大学三年级我搬进了一栋距离学校二十分钟公交车程的合租房。房子本身是旧了一些，家具也有了些年代感，不过空间还算宽敞，推拉门外还有块杂草丛生堆满了破旧家具的花园供我独自享用。虽然称不上是多么惬意的庭院风光，至少在狮子座流星雨造访时，我可以一边喝着嘉士伯啤酒，一边站在周遭无人的杂草院里仰头看着烧红的流星划破长空。

同一栋房子里还有另外三个合租邻居。一位住在我隔壁，是一位英国上班族，白天从未见过面，只有偶尔夜晚时分可以听到电视中足球的转播声和啤酒瓶碰撞的声音。另一位是浙江人，周立。自打我搬进去以来似乎一直在睡觉，几次碰面无论白天还是晚上都是一副睡眼蒙眬的状态。还有一位是波兰人，虽然有时在厨房面对面碰到，但却未能正式打招呼或者相互自我介绍，每一次当我驻足直视等待的时候都会遇到对方侧身埋头逃避我的目光。直到有一天我在烤箱内的萨拉米肉肠比萨被房间里的某人转到360摄氏度，进而烤成一块硬邦邦的黑炭之后，我也放弃了与他相识。

下午课后，趁着还未到下班时间，我在谷歌地图上找到了附近的警察局。我轻车熟路地把大学的在读证明，有着新家庭住址的银行账单、护照，以及警察局登记册一股脑地塞进一位警官的窗口内。这位警官年龄50开外，留着浓密的八字胡，脸上两道深深的法令纹给人以冷酷教条的感觉。

"你知道你迟到了吗？"窗口内的警官还未仔细审查完我的资料便抛出问题。

"抱歉，是我来晚了吗？"我看了看手机屏幕上显示的时间，还远未到下班时间。

"你应该七天之内就来报到的。"警官摇了摇头，停止了手头的审查，抬头看着我说："按照英国当地对留学生的管理，每到一个新的住处或者新的学校，就要在七天

内前往管辖范围内的警察局备案。今天是第十天了。依照法律，我可以处罚你2000英镑的罚款。"

我一时哑口无言，像是已经躺在了铡刀上，任凭刽子手挥刀落下。

"不过我不打算这么做。因为你是中国人，我是巴基斯坦人，我们两国的友谊就像钢铁一般。"警官拿起手边的警局印章哐的一声落在印有我名字的登记册上，霎时间嘴角露出一丝调皮的微笑，瞬息间又隐藏在了身上穿着的那身严肃的警察制服内。

我如释重负，除了连声道谢不知还该说些什么。

"下次别再迟到了。"警官把我的资料从窗口内递出来，向我眨了一下眼睛，眼睛透出的眼神的含义似乎只有中国人和巴基斯坦人才可以领会。

41 水房

一日夜里，敲门声小得像是猫爪轻轻放在门板上，我疑神疑鬼地朝我的房间门走去，以防万一果真有走失的猫猫狗狗。开门一看是眯缝着眼睛的周立。"睡了吗？"一身睡衣打扮的周立轻声地问。

"还没呢。进来坐。"

"没有打扰你吧？"周立看到我的电脑屏幕亮着。

"没有，正在赶一篇论文,进展不大,搁置一下也无妨。"

"我白天上课，晚上打工。后来因为晚上打工白天根本起不来上课，感觉自己的生物钟已经颠三倒四了。好久没有跟人聊过天，今天醒得早，想跟你聊几句。"周立算是交代了一番自己不分昼夜睡觉的原委。

"噢？什么工作需要没日没夜？长期下去身体可吃得消？"我说。

"朋友开的一家店。噢，对了。他们现在需要一个白天的兼职人员，时间灵活，你有时间吗？"

"是什么样的工作？"

"接待。"

"明天方便去看看？"钱不钱的无所谓，我向来喜欢社会实践活动，于是提议。

"好呀，明天下午2点。如果我起不来麻烦敲我房门。"

第二天，果真周立完全醒不来，房门都敲掉一层皮却丝毫未听到屋内有任何动静。我只好推开门，晃了晃还在床上沉睡的周立，这才得到回应。

"2点了吗？"

"2点10分。"我看看表。

"这就起来。"

"迟到没事？"毕竟是去咨询工作，我担忧地问。

"没事。灵活得很。"

我们二人乘坐地铁转了两次，在唐人街走出了出站口。周立快我半步与我并排走着路，七拐八拐之后我已完全看不出哪里有商业的气息。

"到了。"周立站在一幢与周旁并无区别的房子门前说。

"我还没问这是一家什么店呢？"

"待会儿你就知道了。"随后按响了门铃。

门缝先是只开了半只眼睛那么宽，从门缝中可以看到还有链条锁连接着。门内的人确认了外界的情况后才把链条锁移开，开门的是一个小个子男人，身材消瘦，面部表情怎么看都像是刚刚睡醒，我不由得纳起闷来为什么每个人都如此的困乏。小个子男人穿着短裤拖鞋，走路还有些驼背，然后一屁股把自己扔到写字台后面的一张老板椅上。

"坐。"小个子男人从桌上拿起一盒万宝路香烟，从中抽出一支点燃。

周立从口袋中随即也掏出一盒中南海，取出两支递给我一支。

接下来的两分钟无一人说话，只顾抽着自己手里的香烟。

"这是我的同学，他白天没事，可以来帮忙。"周立小声地说了一句。

"他了解我们的情况吗？"小个子男人问。

"还没说。"

我听着两个人的对话，只等着有谁能解我心头之谜。恰在此刻，屋子走廊尽头的一扇门开了，走出一位衣着暴露、亚洲面孔的女性，漆黑色的长发一直拖到腰间，浑身雪白的皮肤发着光像是一盏移动的人形聚光灯。更令人惊掉下巴的是，朝开了的门内看去，里面竟还有几位一模一样的女性晃动着模特般的身材走来走去，甚至连五官都标致得像是用人工智能打印出一般，相似得惊人。

"韩国人。整容的。"周立看到我目瞪口呆于是这样说。

"我们这里很安全，有水房的人罩着。况且这样的皮肉生意不会有人声张。你跟阿立的工作就是放个哨而已，客人来了也用不着你们操心。"小个子男人虽然眼睛没有

看着我，但我猜应该是在对我说。

"水房？"我已经对周遭的环境完全失去了判断。

"水房、新义安、18K，都是香港的黑社会。这里都有他们的生意。"周立解释道。

"阿立说得对。上一次两个'黑鬼'进来抢劫完全是意外，他们枪口虽然指着我的脑袋，但完全都是下三滥，不成体统。姑娘们的手机，连同店里的2万英镑的现金虽然被抢走，不过很快就找到了两个倒霉蛋。居然是受越南帮的指使，不老老实实种自己的事，倒打起了我的主意。不过现在大可放心，以后再也不会来了。"小个子男人信心满满地说。

"他们现在人呢？"周立问。

"那两个人的手筋脚筋都被割了，现在是死是活谁会在意。总之消息传开了，没人会再来顶风作案了。"

"那就好。可以安心做生意了。"周立靠在椅背上长舒一口气。

我在一旁默默地听着这些话，就像是电影中的台词，可这台词又离我太近了，近到连我自己都难以置信。

"阿立回去跟你朋友再详细说明一下工作细节。你有经验，都交给你了。工资薪水就跟你一样。"小个子男人向周立交代。

"没问题。没事的话明天就能来吧？"周立向我问道。

"呃。"我一时不知该说什么。

"好吧，今天就这样了。有什么事我们明天再说。就不送你们了。"小个子男人起身朝户门走去，用猫眼看了看外部的情况，随后打开了门。

回家的路上周立半途有事提前几站下了地铁，我独自陷入了沉思。我无法定义这是一份什么性质的工作，更无法想象会以何等形式摇撼我的三观。话又说回来，与嫖客大动干戈的毕竟不是我，可似乎却会因我的存在而铸成这玄妙的关系。脑海中持续涌现出那些外表毫无二致的韩国女人在我眼前晃动，究竟只有一个，还是两个，甚至更多个，画面竟虚幻得无从得知。

晚上我躺在床上，周立发来信息："考虑得怎么样？"

"恐怕无法胜任。"我回复。

"没关系，再有合适的岗位我们再一起共事。"

"一定。"我熄掉手机屏幕，闭上了眼睛。

没过几日，平静的学习生活被一封从天而降厚厚的信件打破了。

42 审判

从信封的厚度来看，足够放下一本简约版的字典。不过我猜不会有人大费周折地寄送一本字典给我，况且邮费也定会是一笔可观的数目。仔细看了信封封皮，正面印着"剑桥法院"的字样。顿时我的身上每一个毛孔渗出了微小的汗液，似乎这些细如气丝的汗液顷刻间偷走了我浑身的热量，只留下我的身体独自感受着酷寒。

我迟疑着迈着失去节奏的碎步，走进厨房用剪刀打开这潘多拉魔盒，或许再慢点走就会延迟现实的到来，我暗想。不过无论怎样拖延，现实总会像四季的更替如期而至。我沿着封口处小心翼翼地剪开，拿出厚厚一摞文件。

我的罪名被一一罗列在上面。

法庭的开庭时间是两个星期后，大学毕业典礼的前一天。麦克穿着黑色西装套装，紫色宽领衬衫，衣领被一条褐色条纹领带扎得紧紧的，陪着我走进法庭，送我走上了被告席，随后落座在旁听席第一排的位置。

　　"魏知行。未取得驾照驾驶，犯危险驾驶罪，处以罚金。驾驶未保险车辆，处以罚金。认罪吗？"法庭上头戴银色司法假发的法官低着头念着桌案上的稿子，想必每日不知要念多少遍，语法戒备森严，同时又流利得无隙可乘。

　　"认罪。"我说。

　　"此外，海关方面扣留着有你署名和地址的未报税的香烟，现处以全部没收及罚金，是否认罪？"

　　"认罪。"似乎一切被尽在掌握。

　　我的心似乎也随着法官拿起面前达摩克利斯之剑般的木槌，凝固成了一块月壤表面的史前化石，终被带入了大气层，以克服重力的姿态坠向可以安然入眠的大地，"哐"的一声砸了下去。

　　毕业典礼当天，我把法庭上穿过的皱皱巴巴的黑色西装挂进了衣柜，并取出了另外一件无懈可击的银灰色迪奥西装上衣穿在身上。礼堂内，穿透灵魂的管风琴声像海浪般阵阵摇撼着场内每一个人，虽然表面上看不曾动摇过任何人，可内心却早已被拍打得心潮澎湃。我很庆幸麦克和母亲包含其中，同时也有遗憾父亲未在其中。

　　我走上礼堂中央，还未合脚的伯尔鲁帝皮鞋挤着小脚趾每走一步都用疼痛提醒我一次它们有多新。从校长手中接过卷成一卷的学位证书，握手，条件反射般微笑，小脚趾的疼痛似乎也躲在了某处。

　　走出教学楼，一群人把学士礼帽抛向天空，似乎没有

人想要问清原委和究竟，照做就是了。

于是，我似乎听到了人生齿轮咔嚓一声向前推进一格。

即使发生在过往轰轰烈烈的事，如今看来也已经揉被碎显得微不足道。有些记忆已然模糊不清，仿佛从来没有发生，况且即便如此我的人生怕是也不会有任何变化。但是关于它们的回忆已走过漫长的道路，穿过风沙，经历风雨再次来到我的身边，用那征服自然的力量撼动着我的内心。如同草原上的劲风，抚平地表上的根根绿芽，卷起无数粒种子，重重地叩响每一寸土地。

回国的飞机缓缓地朝着跑道滑行，廊桥已经渐行渐远，能看到的只剩下一个中空的黑洞，已成过往的留学生活的影子从清晰的样子慢慢变得只剩下轮廓，生活中出现过的人们的表情也渐渐变得模糊。飞机的引擎轰鸣作响，心中的情感也像一个漩涡在搅动攀升，离开地面的瞬间，我的眼泪也随即落下，快要爆炸的感情气球像是开了一道裂缝，所有的酸甜苦辣都争先恐后地想从这里迸发出去，无奈眼泪的拥有者极大地克制，每一滴都满载后才会夺眶而出。

人生未来的路会朝哪里走？

我又会成为谁？

也许是入世的强者？

或者是出世的智者？

或者只是一个普通人。

后记

　　首先这部小说起稿于一间破旧的快捷酒店内，是我的第一部，保不齐也是最后一部。当时正值新冠疫情紧张时期，我因到访过高风险地区，所以刚一下飞机就被单独隔离了起来。每日的活动范围只限于房间内部，年久失修的空调无论怎么吹也吹不走屋内阴冷的感觉。

　　多到打发不完的时间让我萌生了写作的想法，可思来想去都不知道该从哪里下笔。首先可以肯定的是我不是作家，在生活和工作中连写作的边儿都沾不上。只是打小有读书这样一个爱好，每每走进书店就对书架上的作者心生油然的敬佩。说是爱好，不过也只是偶有时间读读形形色色的书罢了，完全到达不了手不释卷的地步。其次，写下这些文字花了我近两年时间。然而这两年时间内我的人生也在不断地经历种种，从婚变到独自一人抚育两个孩子，从跨越南北移居新的城市到职业的转变。这些沉淀无一不

引发我内心的思考，因此在这本书中不乏夹杂着一些现实生活的情感。

这本书与其说是为了出版面向大众，更多的其实是写给自己。一来是记录，给自己留下纪念；二来是完成儿时的一个梦想。当然，如果多出一个产生共鸣的读者，那将会是意外的惊喜。不过我已经做好了零销售的心理准备。

最后，书中的故事和人物皆为艺术提炼。其中不乏一些英国社会黑暗面的描写，是真是假全凭读者自己辨识。

穆　宇

2023 年 12 月 17 日